트리하우스

교과 연계

국어 5학년 1학기 10단원 주인공이 되어
국어 6학년 2학기 10단원 책을 읽고 생각을 넓혀요
도덕 5학년 2단원 내 안의 소중한 친구
도덕 6학년 1단원 내 삶의 주인공은 바로 나

즐거운 동화여행 196

트리하우스

2024년 12월 10일 초판 1쇄

글 조연희 그림 정경아
펴낸이 김숙분 디자인 김은혜 홍보 · 마케팅 최태수
펴낸 곳 (주)도서출판 가문비 출판등록 제 300-2005-60호
주소 (06732) 서울 서초구 서운로 19, 1711호(서초동, 서초월드오피스텔)
전화 02)587-4244~5 팩스 02)587-4246 이메일 gamoonbee21@naver.com
홈페이지 www.gamoonbee.com 블로그 blog.naver.com/gamoonbee21/
제조국 대한민국 사용 연령 8세 이상
주의사항 종이에 베이거나 긁히지 않게 조심하세요.

ISBN 978-89-6902-743-6 73810

• 책값은 뒤표지에 있습니다.
• 잘못된 책은 구입하신 곳에서 바꾸어 드립니다.
• 이 책의 내용과 그림은 저자와 출판사의 허락 없이 사용할 수 없습니다.
• 이 책은 전라남도, 전라남도문화재단의 후원을 받아 발간되었습니다.
  후원 : 🐝 전라남도 🐝 전라남도 문화재단

트리하우스

조연희 글 정경아 그림

차례

작가의 말

민호는 우리 주변에 있는 평범한 아이입니다.

밝고 명랑하게 살아가지만 마음에 슬픔을 간직한 아이.

우리는 마음속에 누구나 비밀의 방을 가지고 있습니다. 그곳에 많은 감정을 숨겨두고 자물쇠를 채웁니다. 아주 가끔 나만 볼 수 있지요.

민호는 자연 속에서 느리지만 서서히 닫혔던 마음을 엽니다.

추억은 소중하고, 상처를 애써 잊으려고 하지 않아도 된다는 걸 알게 됩니다. 눈물 흘리는 것이 창피한 것이 아니라는 것도 알게 되지요.

이 책은 조금씩 단단해지고, 여물어져 가는 아이들 모습을 그렸습니다.

어른들은 어린이를 보면 자꾸 간섭하고 싶어 합니다. 어린이의 세계는 너무 연약해 보여서 도와주어야 한다고 생각합니다. 그런 분들에게 말해주고 싶습니다.

"한 걸음만 물러서서 조금만 기다려 주세요!"

어린이는 스스로 힘을 쓰면서 일어납니다. 시간이 걸리지만 서로를 격려하면서 성장해 나갑니다. 극복할 수 있는 씨앗을 마음에 품고 있으니까요.

하루에 한 번쯤은 하늘을 올려다보세요.

바람이 불면 느껴 보고, 빗방울을 손끝으로 느껴 보고, 주변에 나무들 이름도 맞추어 보세요. 자연을 느끼고 숨 쉬다 보면 우리의 숨도 트일 때가 있습니다. 자연은 우리와 가장 가까운 친구거든요.

서툰 이야기지만 격려해 주신 많은 분들과 사랑하는 가족에게 감사드립니다. 책이 되어 나오게 해 주신 출판사에도 고마움을 전합니다.

어딘가에 있을 민호와 같은 아이들에게 작은 힘이 되었으면 좋겠습니다.

조연희

1. 가출

'어디로 갈까?'

아파트 입구에 서서 생각했다. 등에는 무거운 가방을 짊어지고 가슴에는 상자를 안고 있었다. 상자가 손에서 자꾸 미끄러져 내렸다. 잠시 내려놓고 손바닥에 고인 땀을 바지에 닦았다.

'서준이 집으로 가자.'

서준이와 나는 같은 유치원을 나왔고, 5학년까지 같은 학교에 다니고 있다. 절친이라고 해야 하나? 아무튼 우리는 비밀이 없는 친구다. 상자를 떨어뜨릴까 봐 조심조심 발걸음을 옮겼다. 문구점이 눈앞에 보였다.

'앗! 이 길로 오는 게 아니었는데.'

그때, 방구가 문구점에서 튀어나오더니 달려왔다.

방구는 얼마 전에 알게 된 강아지다. 정확한 이름은 문방구다. 문구점 할아버지에게 강아지 이름이 왜 문방구인지 물어봤었다. 할아버지는 친절하게 대답해 주었다.

"예전에는 문구점이 아니라 문방구라고 불렀어. 나는 어쩐지 문방구라는 말이 더 정겹더라고. 그래서 저 녀석이 우리 집에 처음 온 날, 문방구라고 이름 지었단다."

그날부터 나는 문방구를 줄여 방구라고 불렀다. 방구와 나는 금방 친해졌다. 나는 강아지를 좋아한다. 하지만, 개털 알레르기가 있어서 집에서 키우지는 못한다. 대신 귀여운 방구를 찾아간다. 방구가 좋아하는 닭다리 맛 간식을 가지고. 방구도 그걸 알고 나만 보면 달려온다. 나를 좋아하는 걸까. 닭다리 맛 간식을 좋아하는 걸까.

"컹, 컹!"

방구의 뛰는 속도가 더 빨라졌다.

"안 돼, 오지 마!"

방구는 어느새 내 앞에 와서 바람개비처럼 빠르게 꼬리를 흔들었다. 나는 상자를 든 팔에 힘을 꽉 주었다. 기다리는 간식을 주지 않자, 방구가 내 품으로 겅중 뛰어올랐다.

"그러지 마!"

소리를 지르며 발로 방구를 밀어냈다. 발에 힘이 너무 들어갔나? 방구가 땅바닥에 나뒹굴었다. 방구는 '깨갱' 소리를 내며 슬금슬금 뒤로 물러섰다. 너무 아파 보였다.

"방구야, 미안해. 내가 오늘 좀 심각하거든. 모른척해 줘라."

방구에게 사과하고 다시 걸음을 옮길 때였다. 지나가던 어린아이가 나를 손가락으로 가리키며 울음을 터트렸다.

"저 오빠가 강아지를 발로 찼어. 나빠!"

옆에 있던 아줌마가 아이를 달래며 나를 째려봤다. 얼굴이 훅 달아올랐다. 온몸 세포가 창피해서 붉게 달아오르는 것 같았다. 빠른 발걸음으로 다른 길로 향했다. 이 길로 가면 거리가 좀 멀긴 하지만 안전한 길이다. 방구 털이 콧속으로 들어갔는지 연신 재채기가 나왔다. 이어 콧물까지 흘렀다. 손을 쓸 수가 없어서 '흡!' 콧물을 들이마셨다. 입에서 '끙' 신음이 튀어나올 때쯤 서준이 집에 도착했다.

초인종을 눌렀다.

"누구세요?"

서준이 목소리다. 오늘따라 더 반갑게 들린다.

"나야, 민호."

대답과 동시에 문이 열렸다. 얼른 집 안으로 들어갔다. 서준이가
눈을 휘둥그렇게 떴다.

"무슨 짐이 그렇게 많아?"

주방에 있던 서준이 엄마가 나를 획 돌아보았다. 나는 들고 있던 상
자를 조심스럽게 내려놓고 고개 숙여 인사했다.

"안녕하세요."

"그래, 어서 와라."

서준이가 나를 자기 방에 밀어 넣었다. 나는 침대 위에 털썩 주저앉
았다.

"나, 가출했어."

서준이는 상자를 책상 위에 옮겨놓았다. 나는 한숨을 크게 내쉬며
어깨에 멘 가방을 내려놓았다. 서준이가 내 가방을 열더니 황당한 표
정을 지었다.

"웬 돼지 저금통? 이 무거운 걸 왜 가지고 왔어?"

"집을 나올 때 뭘 챙겨야 하는지 생각해 봤거든. 저금통과 모형 집
두 가지만 생각나더라. 이 저금통은 아빠와 같이 오백 원짜리 동전
을 모으던 거야. 지금은 나 혼자 모으고 있지만."

서준이가 내 얼굴을 빤히 보더니 말했다.

"가출한 게 아니라 엄마에게 반항하는 것 같은데? 정말 가출할 거
면 우리 집에 안 왔겠지."

마음이 뜨끔했다. 이 녀석은 정말 내 속을 다 안다. 서준이 엄마가
주스가 담긴 컵을 들고 들어왔다. 염치도 없이 벌컥벌컥 한 번에 다
마셨다. 서준이 엄마가 내 옆에 다가와 앉으며 물었다.

"무엇 때문에 가출했는데?"

헉! 방문 밖에서 우리가 하는 대화를 들었나 보다. 잠시 생각했다.
서준이와 내가 어릴 적부터 친구인 것처럼, 서준이 엄마와 우리 엄마
도 친구다. 말을 잘해야 한다.

"엄마에게 남친이 생겼대요."

"……그랬구나. 엄마 남친 존재를 알게 되어서 충격을 받았나 보네."

너무 태연한 대답이었다. 서준이 엄마도 알고 있었나? 눈치를 보
니, 엄마가 서준이 엄마에게는 털어놓은 것 같다. 나만 몰랐나?

"엄마가 결혼한다고 하면 우리 집에서 아빠의 존재가 사라지는 거
잖아요. 생각하기도 싫어요."

서준이가 엄마에게 눈짓했다. 서준이 엄마가 알았다는 표정으로 눈
을 찡긋하고는 방에서 나갔다. 나는 침대에 널브러져 누웠다. 서준이
가 상자에서 모형 집을 꺼내 침대 위에 올려놓았다.

"이거 네 아빠가 만들어 준 거라며? 잘못해서 떨어뜨리기라도 하면 어쩌려고 들고 나왔냐?"

서준이 말에 발딱 일어나 행여나 먼지라도 묻었을까 봐 호호 불었다.

"맞아. 내가 1학년 때 아빠가 생일 선물로 만들어 준 거야."

"그 이야기는 귀에서 피 날 정도로 많이 들었다."

서준이가 검지로 모형 집 현관문을 꾹 눌렀다. '딸깍' 소리가 나며 모형 집 안에 불이 켜졌다. 동시에 오르골 소리가 흘러나왔다. 오르골 소리는 듣기만 해도 기분이 좋아진다. 서준이가 씩 웃었다.

"아무리 봐도 근사해."

서준이 말에 왠지 어깨가 으쓱했다. 모형 집에는 창문이 여러 개 있

다. 거실 창문을 여니, 그 안에 미니어처 인형 3개가 소파에 나란히 앉아 있다. 서준이가 창문에 눈을 대고 들여다보았다. 나는 서준이 옆에 바짝 붙으며 말했다.

"보이지? 엄마, 아빠, 나야."

서준이가 고개를 끄덕였다. 이번에는 다른 창문을 열었다. 그곳에는 요리하는 엄마 인형이 있다. 2층에는 아빠 인형이 열심히 컴퓨터 작업을 하고 있다. 아빠는 집을 설계하는 건축가여서 늘 컴퓨터 앞에 앉아 있었다.

"아빠에게 이 집을 받을 때, 너무 좋아서 소리 지르며 거실을 몇 바퀴나 돌았다니까. 이 집을 보면 아빠와 같이 있는 기분이 들어. 아빠와 나는 오백 원짜리 동전이 생기면 무조건 저금통에 넣기로 했어. 그러면서 내가 어른이 되면 같이 꼭 이런 집을 지어보자고 약속했어. 저금통이 가득 차서 통장으로 넣기를 백번 정도 하면 지을 수 있을까?"

서준이가 열심히 계산하다가 포기한 듯 맹한 표정을 지었다. 우리는 오르골 소리를 들으며 한참 동안 누워 있었다. 오후 빛이 침대 위에 드리워졌다. 운동회를 마쳤을 때처럼 피곤했다.

잠깐 잠이 들었다. 꿈에 엄마가 하얀 드레스를 입고 춤을 추는 모습

이 보였다. 방구는 붉은 장미 부케를 입에 물고 팔짝거리며 뛰어다녔다. 엄마는 아빠를 완전히 잊은 것처럼 행복해 보였다. 나는 엄마를 향해 소리 질렀다.

"싫어! 나는 아빠를 잊는 것이 싫다고. 엄마가 남친을 만나는 것이 싫어!"

엄마에게 바락바락 대들다가 눈을 떴다. 둘러보니 서준이와 서준이 엄마가 나를 내려다보고 있었다. 서준이가 내 어깨를 흔들며 말했다.

"무슨 잠꼬대를 그렇게 하냐?"

입가에 흐른 침을 닦으며 일어났다. 부끄러웠다. 친구 엄마에게 이런 모습을 보이다니.

"이곳저곳 기웃거리지 말고, 오늘은 여기서 자. 무서운 세상이야. 알았지?"

나는 고개를 푹 숙인 채 끄덕였다.

2. 고모의 배신

아파트 앞에 다다랐다.

"들어가라. 딴 곳으로 새지 말고."

서준이 엄마가 등 뒤에서 쐐기를 박았다. 인사하고 돌아서는데, 뒤통수에 서준이 엄마 시선이 따갑게 느껴졌다. 내가 집에 들어가는지 확인하는 것 같았다.

몇 계단만 더 올라가면 집이다. 일요일이니 엄마는 집에 있다. 아마도 서준이 엄마 전화를 받고 날 기다리고 있을 거다. 번호 키를 누르는 소리가 나면 엄마는 현관에 나와 팔짱을 끼고 째려볼 거다. 나는 걸음을 멈추었다.

"내 인생의 첫 반란이 이렇게 쉽게 끝날 수는 없어."

아무 소득 없이 엄마에게 굽힐 수 없다. 반드시 엄마에게 '네가 싫다면 남친이랑 헤어질게'라는 말을 들어야겠다.

돌아서서 계단을 다시 내려왔다. 상자를 소중히 품에 안고 고모 집으로 향했다. 고모는 서준이 다음으로 내 절친이다. 절친이라는 말이 이상하게 들릴지 모르겠지만 고모는 나와 잘 통한다. 가끔 게임도 하고, 축구도 한다. 고모는 아빠와 판박이로 닮았다. 아빠랑 고모가 예전에 같이 찍은 사진을 보면 머리 길이만 다를 뿐 얼굴은 거의 똑같다. 그래서 나는 아빠가 보고 싶을 땐 고모 집에 간다.

"띵동, 띵동!"

초인종을 눌렀다. 문을 열고 들어가니 고모는 운동복 차림이었다. 땀 냄새가 훅 풍겼다. 고모가 눈을 동그랗게 뜨고 말했다.

"웬일? 웬 짐?"

"고모, 나 집 나왔어요."

"서준이 집에서 하룻밤 잤다며?"

　소식도 빠르다. 벌써 서로
연락했나 보다. 나는 상자를 가
만히 탁자 위에 내려놓았다. 고모는
결혼을 안 하고 혼자 사는데 할머니는 여장부라
고 부른다. 여자 축구회 회장이라 매일 바쁘고, 목소리도 크다.

　"엄마에게 남친 생긴 거 어떻게 알았어?"

　"나 몰래 전화 통화하는 거 들었어요."

　"그렇구나. 사실은 내가 소개해 준 사람이야."

　"네?"

망치로 얻어맞은 것처럼 머리가 띵했다. 이럴 수가! 확 배신감이 치밀어 올랐다.

"내가 숲과 나무를 공부하는 동아리에 다니거든. 거기 선생님이야. 네 엄마도 숲을 좋아하잖아. 선생님과 네 엄마가 좋은 친구가 될 것 같아서 소개해 주었어."

"어떻게 그럴 수 있어요? 고모는 아빠 동생이잖아요."

고모가 축구공을 집어 들었다. 그러고는 내 앞에서 현란한 드리블 기술을 보이기 시작했다. 고모 머리에서 축구공이 통통 튀더니 다음엔 어깨로 내려왔다. 그다음엔 허벅지로 공이 내려와 가볍게 튀었다. 고모가 씩 웃더니, 공을 높이 띄우고는 한 바퀴 돌고 허벅지로 공을 받았다.

"와우, 고모 대단해요!"

나도 모르게 벌떡 일어나서 손뼉을 쳤다. 지금 이럴 때가 아닌데. 세차게 머리를 흔들고 다시 정신을 차렸다. 하던 이야기를 마무리해야 한다.

"고모는 아빠 생각 안 나요?"

고모가 소파에 앉더니, 갑자기 눈빛이 깊어졌다.

"가끔 보고 싶어서 울기도 해. '오빠 그곳은 어때?' 하며 묻기도 하고.”

“혹시 엄마가 벌써 남친이랑 결혼을 생각하는 건 아니죠?”

고모가 생뚱맞은 말을 했다.

“너, 3학년 때부터 좋아하던 여학생 있잖아. 이름이 뭐였더라. 아! 오는비. 이름이 특이해서 기억난다. 네가 오는비를 웹툰에서 튀어 나온 여자 주인공 같다고 했잖아. 그 아이 아직도 좋아해?”

“짝사랑이 어디 쉽게 끝나나요. 아직도 학교에서 오는비가 스쳐 지나가면 심장이 두근거려요. 갑자기 오는비 이야기는 왜 꺼내는데요? 엄마 일과 무슨 연관이 있다고.”

발끈해서 고모에게 눈을 부릅떴다. 내 눈빛을 빤히 보던 고모가 더 충격적인 질문을 했다.

“너, 오는비랑 나중에 결혼할 거야?”

나는 고모에게 바락 소리 질렀다.

“뭔 소리예요? 결혼이라니.”

오늘따라 고모는 말도 안 되는 이야기만 늘어놓는다.

“어른들도 마찬가지야. 아니, 너희보다 훨씬 복잡해. 말이 통한다고 결혼하지는 않아. 너무 먼 이야기를 걱정하지 말라는 거야.”

“그래도 계속 만나다 보면 좋아하게 되고, 그러면 결혼하지 않을까요?"

"너는 오는비를 좋아하는데 엄마는 누구를 좋아하면 안 돼? 너는 되고 엄마는 안 되고. 너무 이기적이지 않니?"

갑자기 훅 들어오는 공격이다. 내 입이 딱 닫혔다. 엉뚱하지만 맞는 말이다. 내가 구겨진 종이처럼 인상 쓰고 있을 때 초인종이 울렸다. 문을 열자, 엄마가 쑥 들어왔다.

"어어, 엄마……."

당황했다. 엄마가 손목에 걸고 있던 고무줄을 빼서 긴 머리를 똥머리로 묶었다. 무언가 결정을 내리려고 할 때 하는 습관이다. 어정쩡하게 서 있는 나를 향해 엄마가 말했다.

"자리에 앉아."

엄마 기세에 눌리지 않으려고 바짝 고개를 들고 자리에 앉았다. 엄마는 가방에서 삼색 볼펜을 꺼내더니 고모에게 종이를 달라고 부탁했다. 고모가 흰 종이를 내놓자, 엄마가 내 눈을 레이저 쏘는 눈빛으로 바라봤다.

"우리 협상하자!"

"무슨 협상?"

"네가 엄마 남친 때문에 가출한다고 하니 해결점을 찾아야지."

고모가 눈을 반짝거리며 끼어들었다.

"무슨 협상? 재미있겠다."

엄마가 종이와 볼펜을 내 앞에 놓았다.

"서로에게 원하는 것을 하나씩 적어 보는 건 어떨까?"

고모가 손뼉 치며 호들갑을 떨었다."

"와! 아주 재미있는 방법이다."

나는 입을 꾹 다물고 생각했다. 엄마는 약속은 반드시 지키는 사람
이다. 그러니 협상은 한번 이루어지면 물릴 수 없다. 고모가 계속 옆
에서 뭐라고 중얼거리는데 들리지 않았다. 엄마가 먼저 입을 열었다.

"네가 먼저 써."

내가 먼저 파란색으로 꾹꾹 눌러가며 썼다.

1. 엄마 마음대로 결혼하지 않기.

엄마가 종이를 가져가서 다음 줄에 썼다.

2. 무작정 반대하지 않고, 1년 동안 지켜봐 주기.

센 요구다. 하지만 자신 있다. 아무리 나를 구워삶으려 해도 어림
없다. 나는 안 넘어갈 거니까. 나는 다시 종이에 3번을 적었다.

3. 1년 후, 내가 싫다고 하면 엄마는 남친과 헤어진다. 반드시!!

조건을 적은 후, 삼색 볼펜 빨간색을 눌러서 '반드시'에 밑줄을 쫙

쫙 두 번 그었다. 엄마 눈꼬리가 살짝 올라갔다. 엄마가 헛기침을 한 번 하더니 태연하게 4번을 적었다.

4. 엄마가 2주에 1번 아저씨 집에 놀러 갈 때, 같이 가 주기. 1년 후에도 싫다고 하면 남친과 절교하겠음.

"너무한 거 아니야? 어떻게 한 달에 2번이나 가냐고?"

"아, 싫으면 말고. 혼자 다녀올게."

엄마의 덤덤한 반응에 움찔했다. 나는 생각을 바꾸었다. 엄마와 남친이 둘이 만나는 것보다는 나을지도 모른다. 엄마를 감시할 수 있으니까.

"좋아! 갈게."

내가 고개를 끄덕이자, 고모가 자리에서 발딱 일어났다.

"흥미롭네. 1년 뒤가 궁금해지는걸? 사인해야지."

고모가 시키는 대로 엄마와 나는 이름 위에 사인했다. 고모는 3장을 복사해서 1장씩 나누어 주었다.

"잘 간직하세요. 내가 증인이니까."

엄마가 나에게 턱으로 일어서라고 시늉했다.

"가자. 아들 반란은 끝났지?"

엄마가 탁자 위에 있는 상자를 들어 가슴에 안았다.

"그거 내가 들 거야."

내가 소리치자, 엄마가 돌아보았다.
아까보다 훨씬 차분한 목소리로 말했다.

"엄마가 들게. 네게도 소중하지만 나에게도 소중해."

도대체 엄마 속마음이 뭔지 모르겠다. 엄마가 상자를
감싸 안고 현관문을 나섰다. 나는 앞서 걸어가는 엄마
의 뒤통수를 노려보며 걸었다. 얄밉다. 상자를 들고 있
으니 속으로 '콱! 넘어져라.'라고도 못 하겠다.

길가에 이팝나무 세 그루가 줄지어 서 있었다. 하얗
게 꽃이 피었다. 이팝나무꽃을 볼 때마다 팝
콘 생각이 난다. 팝콘이 주렁주렁 매달려
있는 느낌이다. 세 번째 나무를 지날 때

였다. 엄마 걸음이 느려지더니 멈추어 섰다. 엄마가 이팝나무로 다가 갔다. 날카로운 도구로 나무를 깊게 여러 번 긁은 자국이 보였다. 엄마가 패인 자국을 쓰다듬으며 말했다.

"뭐 이런 사람들이 있는지 모르겠다."

"엄마, 이 나무 살 수 있을까?"

"나무는 스스로 치료하는 능력이 있어. 흉터는 남지만, 씩씩하게 살 거야."

엄마가 걸어가는 내내 자꾸 나무를 돌아보았다.

3. 갑자기 동생

협상 내용이 적힌 종이를 책상 앞에 붙여놓았다.

'내가 질 염려는 없어. 난 1년 뒤에도 싫다고 할 거니까.'

첫 주엔 엄마 남친이 우리 집에 놀러 오기로 했다. 무슨 말을 해야 할지 고민된다. 거울을 보며 차갑고 떨떠름한 표정을 연습했다. '다가오지 마!'를 얼굴로 말하고 싶었다.

"바쁘다 바빠!"

엄마가 중얼거리며 평소에 잘 안 하던 청소를 열심히 했다. 그것도 꼴 보기 싫다. 피곤하다면서도 쌓아두었던 재활용품을 가져다 버렸다. 청소기, 물걸레 청소기, 로봇 청소기. 아무튼 잠들어 있던 모든 청소기가 동원되었다.

"딩동!"

드디어 벨이 울렸다. 긴장해서인지 나도 모르게 딸꾹질이 났다. 엄마가 현관문을 열어 주자, 남친이 집 안으로 들어왔다. 예닐곱 살 정도 되어 보이는 남자아이가 같이 들어왔다. 나와 눈빛이 마주치자 아이는 볼이 발그레지더니 씩 웃었다. 양쪽에 옴폭 보조개가 들어갔다. 앞니가 두 개나 빠져서 나도 모르게 픽 웃음이 나왔다. 아이가 나를 향해 살짝 손을 흔들었다.

"안녕하세요."

나는 엄마가 시킨 대로 인사했다. 고개를 들고 엄마 남친을 올려다보았다. 윽! 시커먼 얼굴에 짙은 눈썹, 툭 튀어나온 광대뼈와 부리부리한 눈, 이리저리 솟아오르는 곱슬머리, 제일 웃긴 건 할아버지도 아닌데 머리가 하얗게 세었다는 것이다. 아빠보다 훨씬 못생겼다. 엄마 남친이 쑥스러운 표정으로 말했다.

"사람들이 나를 '흰머리 독수리'라고 하더라. 머리가 하얗다고."

나는 눈을 내리깔고 속으로 말했다.

'흥. 흰머리 독수리가 얼마나 용맹스럽고 멋진 새인데, 감히!'

다시 얼굴을 쳐다보았다. 부인하고 싶지만 그 별명이 딱이다. 자꾸 흰머리 독수리가 떠오른다. 엄마는 저 아저씨의 어떤 점이 좋은 걸

까. 엄마 남친이 느끼한 목소리로 먼저 말을 걸었다.

"민호는 5학년이라며? 우리 은찬이는 1학년이니 민호보다 한참 동
생이네."

나는 아무 말도 하지 않았다. 갑자기 웬 동생? 떨떠름한 얼굴을 하
고 있는데, 아이가 한발 나에게 다가왔다.

"형아!"

깜짝 놀랐다. 이 아이는 낯가림이 없나 보다. 처음 보는 나에게 형
이라니. 어색해서 다시 딸꾹질이 났다. 나를 올려다보는 아이를 보며
별명을 '꼬마'라고 정했다.

"선물이야."

꼬마가 해맑은 얼굴로 무언가 나에게 내밀었다. 마른 도토리에 구
멍을 뚫고 고무줄로 끼워 만든 팔찌였다. 이런 걸 누가 낀다고. 그래도
정성을 생각해서 팔목에 끼워 보았다. 볼품없지만 잠시 참기로 했다.

우리는 자장면과 탕수육을 시켜서 먹었다. 그렇게 좋아하는 탕수육
에서 종이 씹는 맛이 났다. 이렇게 어색할 거면 서준이를 부를걸. 서
준이는 우리 집 사정을 다 알기 때문에 가족과도 같다. 덜렁거리지만
성격이 밝아서 주변을 편하게 해 준다.

꼬마 눈길이 자꾸 한곳으로 향했다. 반쯤 열린 방문 사이로 보이는

로봇 피규어에 꼬마 눈길이 꽂혀 있었다.

"로봇 구경할래?"

꼬마 눈빛이 반짝 빛났다. 어색함을 피하려면 꼬마랑 방에 들어가는 것이 나을 것 같았다. 흰머리 독수리는 싫어도 꼬마에게는 아무 감정이 없으니까. 내가 방문을 활짝 열자 꼬마가 폴짝 뛰어 들어갔다. 로봇 피규어를 꼬마 앞에 내려놓았다. 꼬마의 손길이 분주해졌다.

"딸꾹, 딸꾹."

아까부터 시작된 딸꾹질이 멈추지 않았다. 물을 마시면 멈출까? 주방으로 가서 컵에 물을 따르고 있을 때였다. 열린 방문 틈으로 꼬마가 침대 옆으로 가는 모습이 보였다.

"그건 만지지 마!"

본능적인 직감으로 방으로 뛰어 들어갔다. 아니나 다를까, 꼬마가 침대에 앉아 모형 집을 무릎에 놓고 만져 보고 있었다.

"와! 신기해. 진짜 집 같아."

꼬마가 감탄하며 모형 집 현관문을 눌렀다. 집에 반짝 불이 들어오자 탄성을 질렀다.

"집에 불이 켜졌어!"

나는 일그러진 얼굴로 다가갔다. 꼬마가 놀랐는지 입술을 움찔거렸다.

"이리 줘."

꼬마에게 달려들며 소리 질렀다. 꼬마 품에서 모형 집을 빼앗았다. 거기서부터 끔찍한 일은 시작되었다. 모형 집을 제 자리에 올려놓으려다 그만 발 스텝이 꼬여버렸다. 발이 방바닥에 죽 미끄러지면서 모형 집이 공중으로 붕 떠올랐다.

"파박!"

요란한 소리를 내며 집이 부서졌다. 나는 벌떡 일어나서 꼬마를 밀쳤다. 놀란 꼬마가 털썩 주저앉으며 울음을 터트렸다. 온몸이 벌벌 떨렸다. 모형 집이 이렇게 허무하게 부서지다니. 머릿속이 하얘지고 화가 치밀었다.

"무슨 일이야?"

놀란 엄마와 흰머리 독수리가 방으로 들어왔다. 꼬마가 우는 모습을 보더니, 흰머리 독수리가 미간을 찌푸렸다. 꼬마가 흰머리 독수리에게 달려가 품에 안겼다. 울음 반, 말 반으로 뭐라고 웅얼거리는데 흰머리 독수리는 다 알아듣는 것 같다. 엄마가 숨을 크게 내쉬며 모형 집 파편을 모았다. 종이 상자에 담긴 파편을 보니 내 마음이 용암처럼 끓어올랐다. 일단 상자는 침대 아래 밀어 놓았다. 흰머리 독수리는

얼굴이 벌게져서 안절부절못했다.

　에어컨을 낮은 온도로 틀어놓은 것처럼 공기가 싸늘했다. 분위기도 험악했다. 흰머리 독수리와 꼬마는 서둘러 집으로 돌아갔다. 이대로 엄마와 흰머리 독수리가 찢어졌으면 좋겠다. 나는 도토리 팔찌를 빼서 쓰레기통에 던져 버렸다.

　"이런 쓰레기 같은 걸 왜 준 거야?"

　욕이 나오려는 것을 꿀떡 삼켰다. 숨이 막힐 듯한 공기에서 벗어나려고 밖으로 나왔다. 자전거를 타고 쌩쌩 달렸다. 바람이 너무 세서 얼굴이 따가웠다. 얼굴만 아니라 마음도 뜨끔거렸다.

　'결국 실수한 건 난데······.'

　복잡한 감정이 엉켜 가슴이 답답했다. 핸들을 돌려 고모 집으로 향했다. 땀으로 젖은 머리를 쓸어 올리며 초인종을 누르려는데 고모가 문을 열고 나왔다.

　"어, 민호야. 어쩐 일이야?"

　고모가 운동복 차림으로 내 얼굴을 바라보았다. 고모 얼굴에 아빠가 섞여 있다. 아빠 그림자를 보니 마음이 울컥해서 입술을 꼭 깨물었다.

　"입술에서 피 나겠다. 얼마 안 있으면 시합이라 요즘 매일 연습해. 같이 축구하러 가자."

고모가 내 어깨를 툭 치고 앞서서 걸어갔다. 나는 물기 어린 눈을 껌뻑거리며 고모 뒤를 따라갔다. 고모가 운동장에 모인 선수들에게 감독님 포스로 성큼성큼 다가갔다.

"오늘은 어린 선수가 한 명 왔네요. 마침 우리 회원 한 명이 못 온다고 연락이 와서 어떡하나 했는데, 어린이 한 명 끼어서 같이 합시다. 실력이 꽤 좋아요."

고개를 들고 둘러보니 모두 여자다. 하긴, 여자 축구팀이니까. 고모 또래이거나 더 어려 보이는 선수도 있었다.

"아이라고 안 봐준다."

머리를 양 갈래로 땋아 내린 여자가 말했다. 누나인지 아줌마인지 잘 모르겠다.

오월의 밝은 햇살. 초록빛 잔디 위에서 공차는 소리가 경쾌하게 들렸다. 나는 빨간 조끼를 입은 팀이다. 달리다가 멈추고, 패스하고 다시 공을 받고. 거친 숨을 내쉬면서 달렸다.

골키퍼 옆쪽에 있던 나에게 공이 왔다. 정신을 차리고 공을 요리조리 돌리다가, 골키퍼 앞쪽에 있는 고모에게 패스했다. 여러 선수가 고모를 막아섰다. 골키퍼도 고모에게 몸을 돌려 방어 자세를 취했다. 고모가 살짝 나를 쳐다보았다. 나는 고모의 눈빛을 알아차리고 고개를 까딱했다. 고모가 골대를 향해 공을 날리는 척하다가 발끝을 돌려 나에게 보냈다. 예상치 못한 패스였다. 나는 공을 받아서 있는 힘껏 골대를 향해 날렸다. 공은 쭉 뻗어나가서 골대 모서리를 맞고 안으로 들어갔다.

"골인!"

함성이 터졌다. 내가 찬 코너킥이 그물에서 빙빙 돌다가 떨어졌다.

"우와와!"

있는 힘을 다해 소리 질렀다. 공이 내 발끝을 떠나 골대로 들어가는 순간, 터질 것 같은 내 마음에 숨구멍이 하나 뚫리는 것 같았다. 고모가 뛰어와 나의 젖은 머리카락을 손으로 흩었다.

"잘했어."

옆에 있는 선수가 까르르 웃으며 말했다.

"아쉽다. 네가 여자였으면 우리 팀으로 들어오라고 할 텐데."

경기가 끝났다. 왜 그렇게까지 힘을 다해 뛰었을까. 다리가 너무 아프다. 집에 돌아와 샤워도 안 하고, 저녁도 먹지 않은 채 침대에 누웠다.

'모형 집을 고칠 수 있을까?'

그 생각을 하다가 잠이 들었다.

4. 똑같은 두 얼굴

하늘이 눈이 시리도록 푸르다. 어제 내린 비가 미세먼지를 씻어 내렸나 보다.

흰머리 독수리 집에 가는 날. 나는 투덜거리며 엄마와 함께 버스 터미널로 향했다.

"네가 창가에 앉을래?"

엄마 말에 말없이 고개를 끄덕였다. 고개를 돌려 하늘을 올려다보았다.

계절은 잘 모르겠다. 어릴 적 아빠와 하늘에 연을 띄운 적이 있다. 그날, 하늘이 얼마나 푸르렀는지 입을 벌리고 바라보았다. 그 기억 때문일까. 맑고 푸른 하늘을 보면 코가 시큰하다. 그럴 땐 하품을 크게 한다. 그러면 내 눈가가 젖는 것을 아무도 눈치채지 못한다.

"졸리면 한숨 자라."

엄마 말에 말없이 눈을 감았다. 내 마음이 하늘빛으로 물들었다.

내가 여덟 살 때다. 꼬마와 같은 나이. 그날 일은 선명하게 기억한다. 오후에 어린이 축구 교실을 마치고 집으로 돌아갈 때였다. 길 건너편에 엄마가 보였다. 엄마가 나를 보더니 카톡을 보냈다.

> 엄마 이제 퇴근했어. 집에 아빠 계실 거야. 몸이 좀 안 좋아서 회사에서 일찍 오셨대. 엄마 잠깐 시장 보서 들어갈게. 먼저 집에 들어가.

대답 대신 엄마를 향해 손을 흔들었다. 번호 키를 누르고 집 안으로 들어가 아빠를 불렀다.

"아빠! 아빠!"

기척은 없고 아빠 핸드폰이 거실 탁자 위에 놓여 있었다. 이리저리 집안을 둘러보다가 깜짝 놀랐다. 아빠가 싱크대 앞에 누워 있고, 옆에 컵이 엎어져 있었다. 나는 아빠에게 달려갔다.

"아빠! 왜 그래?"

아빠 몸을 흔들었다. 아빠가 힘에 겨운 듯 실눈을 떴다. 아빠는 손으로 가슴을 움켜쥐면서 입술을 달싹거렸다.

"핸드폰, 119."

덜덜 떨리는 손으로 핸드폰을 가져와 119를 누르고, 아빠에게 건네주었다. 아빠가 가쁜 숨을 내쉬며 통화했다. 나는 겁이 나서 울음을 터트렸다. 119 대원이 들어와 아빠를 옮길 때 엄마와 고모가 뛰어들어왔다. 엄마는 구급차를 따라가고 고모는 나와 함께 있었다. 고모 손을 잡고 집에 들어와 아빠가 누워 있던 자리를 쳐다보았다. 그곳에 새까만 거미 한 마리가 기어가고 있었다.

그것이 아빠와 나의 마지막이었다. 아직도 이해가 안 된다. 헤어짐이 그렇게 간단하고 허무하다니.

"민호야, 다 왔어."

엄마가 어깨를 흔들었다. 내 정신은 후다닥 현실로 돌아왔다. 눈가를 만졌다. 촉촉하다. 평소에 하던 것처럼 하품을 크게 했다. 그러고는 손등으로 눈가를 쓱 닦았다.

버스에서 내리자 흰머리 독수리가 다가왔다. 씩 웃는데 콧구멍이 벌름거린다. 기분이 좋아 보였다. 물론 꼬마도 그 옆에 딱풀처럼 붙어 있다.

"우리 집을 구경하는 날이네. 영광이다."

흰머리 독수리가 들뜬 목소리로 말했다. 차가 터미널을 벗어나더니 어느새 산길로 들어섰다. 완만한 경사길 왼쪽에는 개울물이 흘러내리고 있었다. 연초록 나뭇잎들이 햇살에 반짝거렸다. 창문을 활짝 열었다. 숲 냄새 가득한 싱그러운 공기가 시원하게 밀려들었다.

"어머! 다람쥐."

앞에 앉은 엄마가 소리 질렀다. 앞을 보니, 다람쥐 몇 마리가 차 앞을 지나서 어디론가 달려가고 있었다. 다람쥐 가족인가? 신기했다. 끊임없이 새소리가 들렸다. 울음소리가 다 다르다. 흰머리 독수리가 새소리에 귀를 기울이며 말했다.

"저건 딱새, … 저건 뻐꾸기, 작게 울고 있는 건 솔새야."

나는 퉁명스럽게 물었다.

"어떻게 그렇게 잘 아세요?"

"후후. 내가 숲 해설가잖아. 눈을 감고 잘 들어보렴. 물소리와 새소리, 나뭇잎들이 서로 부딪치면서 내는 소리가 꼭 오케스트라 같지 않아?"

엄마는 진짜로 눈을 감고 귀를 쫑긋했다. 하란다고 따라 하는 엄마가 얄미웠다.

'잘난 척하기는. 재수 없어!'

나는 시키는 대로 하기 싫어서 눈을 더 크게 떴다. 어느 정도 올라가서 자그마한 공터에 차를 세웠다.

"이제부터는 걸어서 가야 해."

쭉쭉 뻗은 자작나무가 숲을 이루고 있었다. 드디어 집 한 채가 보였다. 집을 보자마자 속으로 외쳤다.

'사진으로만 보았던 통나무집이다. 근사한걸!'

흰머리 독수리는 싫지만 집은 마음에 들었다. 집 안으로 들어서자 나무 향기가 물씬 났다. 가구가 모두 나무로 만든 것이다. 집 안에 있어도 수목원 느낌이 났다. 흰머리 독수리가 배가 고프다면서 주방으로 갔다. 꼬마가 내 손을 잡고 자기 방으로 데려갔다.

"여기가 꼬마, 아니 네 방이야?"

꼬마는 활짝 웃으며 고개를 끄덕였다. 꼬마는 사람이 오는 게 좋은가 보다. 방을 빙 둘러보았다. 벽에 사진들이 걸려 있었다. 사진 속에 아주머니가 아기를 안고 있는 것이 보였다. 내가 물끄러미 바라보자, 꼬마가 손가락으로 아주머니를 가리키며 말했다.

"우리 엄마야."

"예쁘시다."

꼬마가 손끝으로 창밖 하늘을 가리키며 말을 이었다.

"엄마는 저기 하늘나라에 계셔. 아빠가 그러는데, 하늘나라 가는 건 이사 가는 거래. 지구 하늘보다 더 높은 곳으로. 우리도 나중에 이사 가서 만날 거래."

'죽음이 이사라고? 흥!'

콧방귀가 나오려는 걸 꾹 참았다.

"아빠가 바쁘면 너 혼자 있어?"

"아니. 그럴 때는 푸른이와 하늘이 누나 집에서 놀아."

꼬마가 말을 마치자 창밖으로 사람 얼굴이 쑥 올라왔다. 그것도 둘이나. 나는 깜짝 놀라 뒤로 물러났다.

"으악! 뭐야. 사람이 있었어?"

창문 밖에서 두 얼굴이 우리를 쳐다보고 웃었다. 눈을 비비고 다시 보았다. 얼굴이 똑같다. 꼬마가 창문을 활짝 열자, 두 얼굴이 똑같이 인사했다.

"안녕?"

그 뒤에서 큰 개가 펄쩍 뛰어올랐다. 놀란 내 얼굴을 보더니 한 아이가 말했다.

"무서워하지 마. 강아지 쉼터에서 제일 똑똑한 개야."

그러자 옆에 있는 아이가 말했다.

"강아지 쉼터는 우리 집 이름이야. 버려진 강아지를 데려다 키우는데, 이젠 20마리도 넘어. 소문을 듣고 일부러 우리 집 앞에 와서 버리고 가는 사람도 있어. 쉼터를 만든 것이 좋은 건지 나쁜 건지, 솔직히 잘 모르겠어."

누 아이가 창문에서 사라졌다. 쌍둥이는 개를 밖에 묶어놓고 넙죽 어른들에게 인사하더니 꼬마 방으로 들어왔다.

"안녕? 우리는 4학년 쌍둥이 자매야. 나는 강푸른, 동생은 강하늘. 오빠가 축구를 잘한다며? 우리 꿈이 축구 선수이거든. 우리 학교에도 축구부가 있어. 같이 축구하자."

와! 나는 혀를 내둘렀다. 쌍둥이는 말을 엄청나게 잘했다. 그런데 왜 갑자기 오빠나 형이라고 부르는 아이들이 줄줄이 생기나.

"진짜 똑같다."

내가 감탄하자, 쌍둥이가 머리를 흔들었다.

"잘 봐. 귓불에 까만 점이 크게 있는 내가 푸른이고."

이번에는 옆에 있는 아이가 말했다.

"입술 밑에 점이 있는 나는, 하늘이야."

재미있는 구분법이었다. 푸른이와 하늘이는 계속해서 수다를 떨었다. 어디선가 맛있는 냄새가 솔솔 풍기기 시작했다.

"라면 먹자!"

흰머리 독수리가 소리치자 아이들이 우르르 주방으로 달려갔다. 그 뒤로 나도 멋쩍게 걸어갔다.

"아! 맛있는 라면 냄새."

푸른이와 하늘이가 소리 질렀다. 우리는 모두 후루룩 소리를 내며 라면을 먹었다. 젓가락으로 라면 가락을 들어 올리며 내가 물었다.

"이 집에는 왜 강아지가 없어요? 푸른이네는 20마리나 키운다는
데."

꼬마가 라면을 후후 불며 대답했다.

"우리 아빠는 개털 알레르기가 있어. 개를 만지면 막 기침하고, 콧
물 줄줄 흘리고 그래. 우리 집에서는 개를 못 키워."

갑자기 라면 맛이 뚝 떨어졌다. 이런, 증상이 나와 똑같다. 확 짜증
이 났다.

5. 약점 수첩

서준이에게 반가운 전화가 왔다.

"민호야, 게임 하러 가자. 사거리에 새로 지어진 건물 알지? 거기 2층에 피시방이 생겼거든. 우리 아빠도 가 봤는데 시설도 좋고 깨끗하대."

전화를 끊고 엄마를 쳐다보았다. 엄마는 밀린 일이 있다며 아침부터 노트북에 코를 박고 있었다. 내가 피시방 이야기를 하자 엄마가 손가락으로 V를 그렸다. 좋아, 두 시간이라는 뜻이다.

신나서 집을 나왔다. 서준이가 보이자 뛰어가 하이파이브를 했다. 서준이가 이마에 땀을 닦으며 말했다.

"흰머리 독수리 집에 잘 다니고 있냐?"

"응. 약속이니까 1년 동안은 지켜야 하는데 멀어서 부담스러워."

"가면 재미있어?"

"갈 때는 짜증 나는데 가면 나름 재미있어. 거기 초등학교에 축구를 좋아하는 아이들이 있거든. 큭큭! 전교생이 겨우 10명이야. 내가 가면 축구팀이 완전체가 된다나. 아무튼 내가 가는 날은 오후에 모여서 축구를 해. 고모에게 배운 기술을 가르쳐 주기도 하고."

"지루하지는 않겠네."

말하며 걷는 사이에, 피시방 건물 앞에 도착했다. 막 2층 계단을 올라갈 때였다. 1층은 카페였는데 사진 하나가 걸려 있었다. 나는 무엇에 이끌리듯 사진 앞으로 갔다.

"왜 그래?"

서준이가 따라왔다. 사진은 물 위에 지어진 집이었다. 노을이 지는 호수 위에 집이 한 채 있었다. 어떻게 물 위에 집을 지었을까? 사진 아래 작게 제목이 붙어 있었다.

물 그리고 집

아름다웠다. 심장이 쿵! 울릴 만큼. 엄마는 아빠가 늘 좋은 집을 지으려고 애썼다고 했다. 그 때문인지 나도 이다음에 건축가가 되어 아름다운 집을 지어 보고 싶었다. 서준이가 내 팔을 끌고 계단을 올라갔다.

"2시간 허락받았다며? 황금 같은 시간이야. 얼른 들어가자."

우리는 모처럼 신나게 게임을 했다. 새로 생긴 피시방 컴퓨터와 음향이 기막혔다. 모처럼 초집중으로 두 시간이 홀딱 지나갔다. 아쉽지만 양쪽 엄마 잔소리를 생각하면 일어나야 했다. 집으로 돌아가는 길에 메시지가 울렸다. 들여다보니 흰머리 독수리였다.

여름 방학 때, 같이 집 지어 볼래?

?

우리 집이 통나무로 지은 집이잖아. 쓰고 남은 나무가 있거든. 그걸 이용해서 트리하우스를 지어 보려는데, 같이 할래? 아이들 아지트로 쓰면 딱 좋을 것 같은데.

메시지 내용을 서준이에게 보여 주었다.

"여름 방학을 거기서 보내자는 거 같은데?"

서준이 말에 나는 고개를 절레절레 흔들었다. 핸드폰을 주머니에 집어넣고 다시 길을 걸었다. 서준이가 대뜸 말했다.

"나무 위에서 놀면 아파트에서 내려다보는 느낌과는 전혀 다를 것 같아. 그런 놀이터 하나 있으면 진짜 재미있을 거야. 혹시 지으면 나도 꼭 가 보고 싶어."

서준이 말에 아까 사진으로 보았던 '물 그리고 집'이 떠올랐다. 석양빛에 붉게 물든 집. 잔잔한 물결이 마당처럼 펼쳐진 집. 나중에 꼭 지어 보고 싶은 집.

　이번엔 카톡이 울렸다. 얼굴을 찡그리고 핸드폰을 확인했다. 귓불에 까만 점이 있는 카톡 사진이 떠올랐다. 푸른이다. 또 한 아이의 카톡. 입술 밑에 점이 있는 사진, 하늘이다. 내용은 비슷했다.

> 민호 오빠. 나무 위에다 집을 지을 거라며? 신난다. 아, 우리 축구부 유니폼을 맞추었어. 오빠 것도 준비했어. 내려오면 유니폼 입고 축구하자.

답장하지 않았다. 몇 걸음 걸으니 카톡이 또 울렸다. 이번엔 꼬마다.

> 형아. 올 거지?

옆에서 기웃거리던 서준이가 말했다.

"이런! 동생이 많기도 하네. 모두 너를 기다리나 봐. 네 생각은 어때?"

나는 서준이를 째려보았다.

"우리는 계약 관계라고. 철저히! 쓸데없는 소리 하지 마. 너는 내 편이라며?"

"나는 언제나 네 편이지. 네가 싫으면 나도 싫어. 그런데……."

서준이가 걸음을 멈추고 내 어깨를 잡았다.

"이렇게 하면 어때?"

"뭘?"

"엄마와의 약속은 1년이잖아. 1년이면 52주거든. 2주에 한 번 만난다며. 지금까지 몇 번 내려갔지?"

"6번."

"그럼 20번 남았다는 건데. 그걸 날수로 계산해서 20일을 20회로 퉁치자는 거야. 그러면 다시 안 내려가도 되니까 오히려 편하지 않을까? 캠프 갔다 온다고 생각해. 그동안 흰머리 독수리 단점이나 약점을 잡아 봐. 트집을 잡아서 엄마에게 정말 싫다고 말해."

서준이 말이 제법 일리가 있었다.

"집에 가서 엄마랑 협상을 다시 해 봐."

나도 모르게 고개를 끄덕였다. 서준이가 주머니에서 작은 수첩을 꺼내서 내밀었다.

"이게 뭐야?"

"약점 수첩. 내가 단어장으로 쓰려고 샀는데 너 줄게. 트집 잡을만한 내용이 있으면 적어. 나중에 네 엄마랑 이야기할 때 유리하게."

"이렇게까지 해야 해?"

"그 아저씨 싫다며."

"응."

수첩을 받아 들고 서준이와 헤어졌다.

엄마는 여전히 푸시시한 얼굴로 노트북을

쏘아보고 있었다. 그 옆에 막 먹은 듯한 컵라면이 놓여 있었다. 내가 소파에 털썩 주저앉자, 엄마가 노트북을 탁 닫으며 크게 한숨을 몰아쉬었다.

"으으윽! 어휴. 다 끝냈다. 나이가 드니 일 속도가 점점 느려져 간다니까. 집에는 일을 안 가지고 와야 하는데 미안하다. 게임은 재미있었냐?"

"응."

"그런데 표정이 왜 그렇게 심각해?"

엄마에게 카톡을 보여 주며 서준이 이야기를 슬쩍 꺼냈다.

"그러니까, 20회를 20일로 퉁 치자는 거지?"

"그렇지."

엄마는 팔짱을 끼고 잠시 생각하더니 쿨한 표정으로 대답했다.

"좋아!"

"나중에 딴말 없기다."

"응."

나는 방으로 들어가려다 말고 엄마에게 심각하게 말했다.

"엄마, 혹시 숲에 거미가 많을까?"

"당연하지, 여름인데. 아! 네가 거미를 제일 싫어하지. 어쩌지?"

"……."

"너, 거미 나오면 소리 지르고 집 밖으로 도망가잖아. 가서 난리 칠
것 같으면 그냥 가지 마라."

나는 잠시 망설이다가 도리질했다. 서준이 말대로 이건 기회다. 거
미가 나타나면 잘 피하면 된다. 방에 들어가 흰머리 독수리에게 메시
지 답장을 했다.

갈게요.

6. 별을 담은 액자

여름 햇살이 따가운 날, 버스에서 내려 두리번거렸다. 꼬마도 나왔으면 좋겠다. 덜 어색하니까.

"형아!"

저편에서 꼬마가 뛰어오는 모습이 보였다. 그 뒤로 생각지도 않았던 푸른이, 하늘이 모습도 보였다. 그래! 어쩌면 이 기간을 잘 버틸지도 모른다. 차 안에서 흰머리 독수리가 운전대를 잡고 기다리고 있었다.

"안녕하세요."

시큰둥한 표정으로 인사했다. 다행히 아이들이 떠들어 준 덕에 서먹한 감정이 묻혔다. 그동안 초록이 더 짙어졌다. 나는 초록색을 가장 좋아한다. 축구장 잔디가 초록색이라 그런지 모르겠다. 자작나무의 밝은 회색과 짙은 초록빛이 참 잘 어울렸다.

시선을 아이들에게 돌렸다. 푸른이와 하늘이는 꼭 점을 확인하고 이야기해야 한다. 안 그러면 착각하니까.

"유니폼을 맞추었다며?"

푸른이에게 물었다.

"유니폼을 입고 축구하는 게 더 좋을 것 같아 선생님께 졸랐어."

전교생 체육 시간이 같아서 운동장에 모일 때는 다 같이 모인단다. 마무리는 꼭 축구를 한다고 했다.

통나무집에 도착해서 흰머리 독수리가 말했던 나무로 갔다. 통나무집에서 30미터 정도 떨어진 곳에 나무 네 그루가 서로 마주 보듯 서 있었다. 느티나무들이 사이좋은 친구처럼 보여 기분 좋았다.

"저 나무인가요?"

"그래. 저 나무를 처음 보았을 때 신기했어. 주변이 모두 자작나무인데 저 네 그루만 느티나무더라고. 누가 심었는지 모르겠지만, 무언가 사연이 있을 것 같아서 베지 않았어. 주변이랑 다르다고 베어 내는 건 아닌 것 같아. 결국 모두 모여 하나의 숲이 되는 거니까. 이 느티나무 위에 집을 지어 보는 것이 어떨까?"

푸른이가 소리를 지르며 호들갑을 떨었다.

"까악! 진짜 신나겠다. 나무 위에서 노는 기분은 어떨까? 오빠도 궁금하지?"

진짜 고음이다. 우리는 집 안으로 들어가 탁자에 빙 둘러앉았다. 꼬마가 하얀 노화지와 연필과 지우개를 가지고 왔다. 이제 어떤 집을 지을지 정해야 한다. 아저씨가 사각형 판을 그리고는 말했다.

"나무 위에 지은 집을 '트리하우스'라고 해. 그런데 나는 '나무 위에 집'이라는 우리말이 좋더라고. 나무 위에 집을 만들려면 우선 커다란 밑판을 만들어야 해. 그 위에 어떤 집이 올라갈지 생각해 보자."

'쳇! 나는 트리하우스라는 말이 더 좋구면. 유난 떨기는.'

실눈으로 흰머리 독수리를 째려보았다.

다들 잠시 눈을 굴리며 생각했다. 꼬마가 오른손을 번쩍 들더니 뾰족한 지붕이 있는 집을 지어 보자고 했다. 나는 꼬마에게 질세라 그림을 그리며 큰 목소리로 설명했다.

"원뿔처럼 꼭짓점을 만들고 동그랗게 통나무를 연결해서 만드는 거예요. 원뿔 텐트 같은 모습이죠."

그래야 빨리 끝날 것 같았다.

"좀 허술하지 않을까?"

흰머리 독수리가 고개를 갸우뚱거리며 말했다. 나는 일부러 눈을
부릅뜨고, 퉁명스러운 목소리로 끝까지 우겼다.

"우리가 나무 위에서 살건 아니잖아요. 그냥 원뿔형 통나무집으로
하자고요."

흰머리 독수리가 가만히 나를 바라보다가 결론을 지었다.

"그럼, 원뿔형 통나무집을 지어 보자."

숲의 밤은 너무 깜깜했다. 아파트에서는 밤에 커튼을 열면 수많은
불빛이 눈으로 들어온다. 자동차 소리도 시끄럽다. 불빛도 소음도 없

는 밤은 처음이다.

책상 위에 놓인 작은 액자 속 사진이 눈에 들어왔다. 꼬마 옷은 반소매인데 꼬마 엄마는 털모자를 쓰고 있었다. 마른 얼굴에 파리한 입술. 환자복을 입고 핏기 없는 얼굴로 꼬마를 안고 웃고 있었다. 그리고 손에는 들꽃 한 송이.

"나는 아빠 사진 다 치웠는데……. 너무 보고 싶을 것 같아서."

"아빠가 울고 싶을 땐 울어도 된다고 했어. 나는 울지는 않는데 엄마가 보고 싶어."

꼬마가 오히려 형처럼 느껴졌다. 문득 엄마 생각이 났다.

아빠가 돌아가시고 엄마는 내 앞에서 별로 운 적이 없다. 고모처럼 씩씩하고 회사도 잘 다녔다. 그런데 어느 날, 고모와 함께 아파트 계단을 올라갈 때였다.

"아야!"

엄마가 소리를 지르면서 넘어졌다. 고모가 당황하며 엄마를 부축했다.

"괜찮아요?"

"무릎만 좀 까졌어요."

고모가 얼른 집에 들어가서 구급약 상자를 가지고 왔다. 고모가 상

64

처를 소독하고 빨간 약을 발랐다.

"엄마, 많이 아파? 후, 후~."

내가 입김으로 빨간약을 말려 주었다. 그때였다. 엄마 눈에서 눈물이 떨어졌다. 후드득! 마른하늘에서 갑자기 빗방울이 떨어지는 것 같았다. 고모가 엄마 어깨를 다독거렸다.

"이런, 많이 아픈가 보네. 눈물이 날 때는 그냥 울어요."

고모 말이 끝나자 엄마는 진짜 울기 시작했다. 그것도 엉엉 소리 내면서. 엄마가 우니까 고모도 따라서 울었다. 두 사람이 서로 껴안고 우니까 나도 따라 울었다. 엉엉!

지금도 궁금하다. 엄마는 무릎이 그렇게 많이 아팠을까? 울고 싶은 순간을 잡은 것일까. 그동안 겉모습만 씩씩했던 걸까. 그때 나도 꼬마처럼 말할걸. 울고 싶을 땐 울어도 된다고.

갑자기 쓰레기통에 처박았던 도토리 팔찌가 생각났다. 미안했다. 정성껏 만들었을 텐데.

전등을 끄고 침대에 누웠다. 나는 누가 옆에 있으면 잠이 잘 안 온다. 데굴데굴 굴러다니는 버릇이 있어서 혼자가 편하다. 옆에 누운 꼬마가 손가락으로 천장을 가리켰다. 천장을 보고 깜짝 놀랐다.

"설마, 저 위에 보이는 것이 별이야?"

꼬마에게 물었다.

"응."

그동안 천장은 보지 못했다. 천장 일부분이 유리로 되어 있었다. 그 위로 밤하늘이 보인다. 창이 반짝이는 별을 담은 커다란 액자처럼 보였다. 어릴 적에 아빠가 내 방 천장에 야광별 스티커를 붙여준 적이 있다. 우주를 보라고. 밤마다 별 스티커를 보다가 잠이 들었다. 그런데 꼬마 방 천장의 별은 진짜다.

"근사하다. 너는 별을 보면서 잠들었겠다."

누워서 별을 볼 수 있는 방이 또 있을까. 꼬마는 잠들기 전, 별보다 더 높은 곳으로 이사 간 엄마를 그리워했을지 모른다. 내가 모형 집을 들여다보며 그랬던 것처럼. 너와 나의 그리움은 닮았구나……

"무서울 때는 없어?"

꼬마에게 몸을 돌려 누우며 물었다.

"있어. 바람이 세게 불 때나 비가 엄청나게 내릴 때. 그때는 방법이 있지."

"뭔데?"

"히히. 베개를 가지고 아빠에게 가는 거지."

"크크크, 그렇구나. 제일 간단한 방법이네."

"형아는 무서울 때 어떻게 해?"

"……."

나는 가끔 무서운 꿈을 꾼다. 아빠가 쓰러진 자리에 있던 거미가 몸집을 점점 키우면서 나에게로 기어 온다. 오줌이 나올 만큼 무서운데 발이 딱 붙어서 도망갈 수가 없다. 거미는 내 앞에서 입을 벌리고 날카로운 이빨을 드러낸다. 나는 고함을 지르면서 깨어난다. 악몽에서 깨어나면 땀에 흠뻑 젖은 채로 모형 집에 불을 켠다. 오르골 소리를 들으면서 아빠가 내 옆에 있다고 되뇐다. 그러면 마음이 차분해지면서 다시 잠에 든다. 이제 모형 집은 부서졌다. 앞으로 무서울 때는 어떡하지?

막 잠이 들려고 할 때였다. 어디선가 소름 끼치는 소리가 들렸다.

"우왁! 우왁!"

처음 들어보는 소리였다. 놀라서 벌떡 일어나 앉았다. 꼬마는 태연히 눈을 감고 있었다.

"저 소리 안 들려? 누가 비명을 지르는 것 같아."

"응, 들려. 고라니 소리야. 생긴 건 귀여운데 우는 소리는 좀 그래."

그러고 보니 티브이에서 고라니 울음소리를 흉내 내던 연예인이 생각났다. 실제로 들으니 더 끔찍했다. 고라니가 울어댈 때마다 심장이

벌렁거렸다. 몸을 뒤척이다가 슬금슬금 꼬마에게 가까이 가서 몸을
붙였다.

"형아, 무서워?"

"아니, 네가 무서울까 봐."

내 손등 위로 작고 보드라운 꼬마 손이 올라왔다. 꼬마 손이 '괜찮
아'라고 말하는 것 같았다. 차마 뿌리치지 못했다. 놀란 가슴이 조금
씩 가라앉았다. 작은 손이 이렇게 위로가 될 수 있다니. 우리는 손을
잡은 채 고라니 소리를 들으며 잠이 들었다.

7. 어긋난 톱니바퀴

새소리에 눈을 떴다. 반쯤 열린 창문으로 바람이 들어와서 하얀 레이스 커튼이 펄럭였다. 창문을 활짝 열었다. 창틀에 앉아 있던 참새들이 후드득 날아갔다. 아침 바람이 귓전으로 휘익 소리 내며 지나갔다. 숲이 휘파람을 분다. 나는 턱을 괴고 느티나무를 바라보았다. 오늘부터 우리는 저 나무 위에 집을 지을 거다.

아침을 먹고 창고로 갔다. 흰머리 독수리가 연장을 꺼내서 가지런히 진열했다. 종류도 많고 처음 보는 기계도 있다. 마트에서 연장 코너를 보는 것 같다.

"숲에서 살려면 기본적인 것은 내가 다 고쳐야 하거든."

흰머리 독수리 말에 나는 입술을 삐죽 내밀었다.

"오빠, 우리 왔어."

푸른이와 하늘이가 오늘은 다른 강아지를 데리고 왔다. 골고루 산책을 시켜주어야 한다나. 몸통이 길고, 다리가 짧은 강아지다.

"얘 이름은 까망이야. 몸이 까만색이라 그렇게 지었어."

강아지가 많아서 이름 짓기도 힘들겠다. 까망이가 걸어 다니는 모습이 귀엽다. 주둥이 사이로 혀를 쭉 내밀고 침을 질질 흘리며 다녔다. 방구도 침을 많이 흘린다. 문득 방구가 보고 싶다. 오, 나의 방구! 잘 있는지 모르겠다. 푸른이가 까망이를 묶어놓고 우리를 향해 뛰어왔다.

"나무 하나로는 무게를 견디기 힘들어. 네 그루에 무게를 나누어 주어야 해."

모두 고개를 끄덕였다. 기둥이 네 개면 엄청 튼튼할 거다. 흰머리 독수리가 나무 위에 올라갔다. 다람쥐처럼 나무를 잘 탔다. 나무 위에서 이리저리 살피더니, 편편한 나무판을 올릴 수 있도록 자리를 골랐다. 커다란 톱으로 나뭇가지를 썰어냈다. 잘린 가지들이 툭툭 떨어져 내렸다.

"위험하니 조금 물러서 있어라."

흰머리 독수리 말에 우리는 멀찍이서 일하는 모습을 지켜보았다.

흰머리 독수리 이마에서 땀이 줄줄 흘러내렸다. 땀이 들어갔는지 눈을 찌푸리고 끔뻑거렸다. 그 모습을 보니 흐릿하게 아빠 모습이 떠올랐다.

내가 유치원 다닐 때인 것 같다. 아파트로 이사 가기 전에 우리는 마당이 있는 집에서 살았다. 내가 키우자고 졸라서 토끼 한 쌍을 분양받은 일이 있다. 아빠는 토끼집을 만드느라 땀을 뻘뻘 흘리면서 나무를 톱으로 자르고 못질도 했다. 나는 수건을 가져와서 아빠 땀을 닦아주었다.

맘에 들지 않는 엄마 남친을 보며 왜 그때 생각이 떠오르는 걸까.

"눈이 따갑네."

흰머리 독수리가 손등으로 눈을 닦았다. 위험해 보였다. 손등에 가

시라도 있으면 어쩌려고 그러는지. 보다 못해 수건을 축구공처럼 말아서 던져 주었다.

"아, 고마워."

흰머리 독수리가 수건을 이마에 두건처럼 매면서 나를 보고 활짝 웃었다. 나는 고개를 돌렸다.

우리는 나무 아래 떨어진 나뭇가지를 치웠다. 한 아름씩 들어서 한쪽에 쌓아 놓았다. 꼬마는 조금 일하다가 싫증이 나는지 가지를 하나씩 질질 끌고 가서 아무 데나 놓았다. 푸른이와 하늘이도 건성으로 일했다. 장난 반, 일 반이었다.

"야, 똑바로 좀 하라고."

보다 못해 소리 질렀다. 나뭇가지를 들고 장난치던 푸른이와 하늘이가 입을 삐죽 내밀었다.

"우리도 잘 돕고 있다고. 맘에 안 들면 오빠가 다 하든가."

푸른이가 칼싸움하던 나뭇가지를 툭 던져 버렸다. 일은 또 벌어졌다. 까망이가 내 운동화 한 짝을 가져와서 물어뜯고 있었다. 묶어놓았던 목줄이 헐거워서 풀렸나 보다.

"으악! 내 운동화."

화가 났다. 서준이와 함께 인터넷을 뒤져서 겨우 산 운동화다. 혹시 더럽혀질까 봐 전에 신던 다 떨어진 운동화를 신고 일하고 있었는데. 나는 까망이를 향해 달려갔다.

"내 운동화 내놔!"

까망이가 내 눈치를 보더니 운동화를 물고 도망쳤다. 짧은 다리로 잘도 뛴다. 잡을만하면 놓치고, 잡을만하면 방향을 틀었다. 내가 씩씩거리자 아이들은 그 모습이 재미있는지 깔깔거리고 웃었다. 운동화 끈이 풀려 길게 늘어졌다. 짧은 다리에 끈이 감기는 바람에 까망이가 넘어졌다. 아이들이 더 크게 웃어댔다. 화가 머리끝까지 치밀었다. 넘어져 있는 까망이에게 달려들어서 운동화를 낚아챘다.

"야, 이게 뭐야."

운동화는 처참한 모습이었다. 너덜거리는 운동화로 까망이 머리를 내리쳤다.

"이 똥개야."

까망이가 깨갱거리며 푸른이 옆으로 갔다.

"오빠, 왜 그래? 그거 동물 학대다. 그리고 이 개는 똥개가 아니거든? 얘도 이름이 있다고. 오빠도 똥민호라고 부르면 좋겠냐?"

"내 운동화를 보고도 그런 말이 나와?"

이번엔 푸른이와 하늘이가 같이 대들었다.

"그래도 때리는 건 잘못이야."

"야! 너희, 정말 이럴 거야?"

갑자기 말싸움이 벌어졌다. 서로 버럭버럭 소리를 질러댔다. 푸른

이와 하늘이가 허리에 손을 올리고 나를 흘겨보았다.

"그럼, 너 혼자 다 해라."

오빠도 아니고 너란다. 푸른이와 하늘이는 까망이를 데리고 집에 간다고 했다. 까망이가 아쉬운 듯 내 운동화를 쳐다보며 침을 흘렸다. 씹다가 놓은 오징어처럼 아쉬운 눈빛이다. 턱은 아예 침 범벅이다.

푸른이와 하늘이는 집으로 가 버렸다. 나는 까망이 침이 흥건하게 묻은 운동화를 집어 들었다. 까망이의 날카로운 이빨에 구멍이 여러

개 뚫렸다. 꼬마가 내 눈치를 힐끗 보고는 말했다.

"똥 마려워. 똥 싸고 올게."

꼬마가 집 안으로 들어갔다. 나는 운동화를 한 쪽에 던져 버렸다. 첫날부터 삐그덕거린다. 저 수북한 나뭇가지를 혼자 치워야 한다니. 얼굴이 벌겋게 달아올라 있는데, 흰머리 독수리가 나무 위에서 내려왔다.

"같이 치우자."

"왜 보고만 있어요? 우리 싸움이 재미있어요?"

내 원망이 흰머리 독수리에게 화살처럼 날아가 꽂혔다.

"너희 문제는 스스로 풀어야 한다고 생각해서 그랬어. 부딪치면서 해결점을 찾더라고. 어른보다 더 나을 때도 있어."

나는 흰머리 독수리에게 은근히 서운했다. 아까 수건까지 챙겨 주었는데 의리도 없다. 흰머리 독수리와 나는 서둘러 나뭇가지를 치웠다. 어색한 침묵이 흘렀다. 쉭쉭 내쉬는 숨소리만 들리고, 몸이 땀으로 축축해졌다. 나는 현관문을 노려봤다.

'꼬마는 뭔 똥을 이렇게 오래 싸.'

1시간이 10시간처럼 느껴졌다. 흰머리 독수리는 땀 냄새를 풍풍 풍기면서 말없이 일만 했다.

톱니바퀴는 서로 맞아야 돌아간다. 아주 정교하게. 그렇지 않으면 바퀴가 부서져 버리고 만다. 어쩌면 우리도 그럴지 모르겠다. 처음부터 이렇게 안 맞는데, 끝까지 갈 수 있을까. 서준이에게 카톡이 왔다.

그곳은 어때?

최악이야.

잠들기 전에 펼쳐 보는 약점 수첩에는 벌써 수두룩하게 여러 내용이 적혔다. 오늘은 트집을 두 쪽이나 더 추가했다. 흰머리 독수리와 꼬마, 푸른이와 하늘이 흉까지. 이러다 수첩 하나가 모자랄지도 모른다.

* 땀 냄새가 지독하다.

* 손톱 사이에 흙이 자주 끼어 있다.

* 내 앞에서 말을 더듬거리고, 머리를 자꾸 긁는다.

* 손흥민 팬이라더니, 축구에는 관심이 없다. 거짓말쟁이.

* 물건을 자주 잃어버리고, 그걸 찾느라 정신이 없다. 머리가 나쁜 듯.

* 옷이 지저분하다. 더럽다.

8. 잃어버린 축구공

흰머리 독수리가 옷을 챙겨 입으며 말했다.

"오늘 숲 사랑 모임이 있거든 4시간 정도 걸릴 거야. 너희는 오늘 축구하러 간다고 그랬지?"

나는 고개를 끄덕였다. 초등학교에서 아이들과 모여 축구하기로 했다. 꼬마가 숫자 11이 적힌 유니폼을 나에게 내밀었다. 꼬마와 옷을 갈아입고 학교를 향해 출발했다. 햇볕이 따갑고 무더운 날씨여서 가는 내내 얼굴을 찌푸렸다.

'푸른이와 하늘이가 올까? 그렇게 삐져서 갔는데. 보면 뭐라고 말해야 하지?'

할 말이 생각나지 않았다. 아담한 학교가 눈에 들어왔다. 가까이

갈수록 발목에 무거운 모래주머니를 찬 것처럼 발걸음이 느려졌다. 꼬마가 앞서서 먼저 학교로 들어갔다.

하늘이가 보였다. 손에는 강아지 목줄이 쥐어져 있었다. 어제는 까만 개이더니 오늘은 하얀색이다. 어느새 푸른이도 달려왔다. 먼저 말을 꺼낸 선 하늘이었다.

"민호 오빠, 어제 일은 미안해."

푸른이가 말을 이어받았다.

"나도 미안해. 강아지를 단단히 묶어 놓아야 했는데. 어제 운동화 새것 같던데, 속상했겠다. 앞으로 조심할게."

쌍둥이가 생각보다 성격이 시원시원하다. 나도 헛기침을 두어 번 하고는 말을 꺼냈다.

"나도 미안. 아무리 그래도 까망이를 때리는 건 아니었어. 운동화 때문에 흥분했나 봐. 그런데 오늘은 하얀색 강아지냐?"

"응. 까망이 동생이야. 같은 뱃속에서 나왔는데 희한하게 한 마리는 까맣고, 한 마리는 하얘. 얘는 털이 하얀색이라 이름이 하양이야."

나는 픽 웃었다. 쌍둥이라 그런지 강아지 이름도 세트로 짓는다. 내가 서울로 갈 때까지 몇 마리 강아지 이름을 듣게 될까? 푸른이가 내 앞으로 오더니 불쑥 축구공을 내밀었다.

"나와 하늘이가 용돈 모은 것으로 샀어. 멋지지?"

축구공을 건네받고 냄새를 맡아보았다. 아직 가죽 냄새가 풍기는 새 공이다. 초콜릿 향기보다 더 기분 좋은 냄새다.

아이들을 둘러보았다. 여섯 명. 축구공을 가지고 놀다가 골대에 골 인하는 공놀이 수준이다. 그래도 고모하고 둘이 할 때보다 재미있다. 우리는 공을 이리저리 굴리며 뛰어놀았다. 우리 목소리가 운동장에 힘차게 울려 퍼졌다. 돌아오는 길에 하늘이는 축구공을 자기 옷으로 닦았다.

"새 축구공이라 그런지 더 잘 차지네."

축구공을 한 번 더 만져보고 싶었다. 하늘이에게 축구공을 받아 무릎으로 튀겨 보았다. 역시 새 공이다. 이번엔 이마로 드리블을 해 보았다. 끝내준다. 백 개도 할 것 같았다.

"오빠, 조심해. 이 길은 경사가 심해."

경사가 심해도 나는 자신이 있다. 드리블을 하면서 계단도 올라가 보았다. 고모 제자로 몇 년을 배웠는데 이 정도는 아무것도 아니지. 자신만만하게 걸어갈 때였다. 아차! 돌부리에 걸려 발을 삐끗했다. 중심이 흩어지자 공이 발등으로 떨어지더니 아래로 굴러가기 시작했다.

"공 잡아!"

아이들이 소리를 질러댔다. 우리는 공을 따라 뛰었다. 민망해서 내 얼굴이 홍당무처럼 붉어졌다.

'이런 실수를 하다니.'

있는 힘을 다해 공을 따라갔다. 잡으려는 순간, 공이 손끝에서 미끄러지면서 옆 방향으로 튕겨 나갔다. 공이 경사진 자갈 위로 통통 튀더니 경사진 냇가 쪽으로 굴러갔다.

"어떡하지?"

내가 당황해서 허둥거리자 푸른이가 소리 질렀다.

"오빠, 이쪽으로 와. 이쪽이 지름길이야."

푸른이가 몸을 틀어서 샛길로 뛰어갔다. 우리는 푸른이를 따라 달렸다. 숨이 턱까지 차올랐다. 고개를 들고 보니 공이 떠내려오는 것이 보였다. 주변을 둘러보았다. 아까보다 폭이 훨씬 넓었다. 물 안으로 누군가 들어가야 했다. 나는 반바지를 바짝 걷어 올렸다. 막 물에 들어가려고 하는데 하늘이가 말렸다.

"오빠, 여기는 위험한 곳이야."

"아니야, 괜찮아. 난 키가 커서 빠질 염려 없어."

하늘이를 안심시키고 냇물로 들어갔다. 물이 무릎까지 차올랐다. 위쪽에서 떠내려오는 공이 보였다. 물이 묻어서인지 반짝거리며 빛이 났다. 공을 잡으려면 좀 더 깊이 들어가야 했다. 나는 냇물 가운데로 걸어갔다. 엉덩이까지 물이 차오르고 물살은 더 거세졌다. 몸이 휘청 흔들렸다. 다리에 힘을 주고 버티고 서서 떠내려오는 공을 가슴으로 안았다.

"공 잡았어!"

아이들이 팔딱팔딱 뛰며 손뼉을 쳤다.

"와! 잘했어."

막 돌아서서 나오려고 할 때였다. 발이 바닥 이끼에 쭉 미끄러졌다. 나는 뒤로 넘어졌다. 품에 있던 공은 다시 아래로 흘러가 버렸다. 물속에서 허우적거리며 나오려고 애썼다. 입으로 물이 사정없이 밀려들었다. 숨을 쉴 수 없었다. 아이들 고함치는 소리가 시끄럽게 들렸다.

"아악!"

버둥거리던 나는 비명을 지르고 말았다. 다리가 쥐어짜는 것처럼 아팠다. 개울물이 차서 다리에 쥐가 난 것 같았다. 숨도 막히고 몸도 움직일 수 없었다. 심상치 않은 내 모습을 보더니 푸른이가 소리 질렀다.

"오빠, 기다려."

푸른이와 하늘이가 물을 튕기며 나에게 뛰어오는 것이 보였다. 나는 두 손을 허우적거리며 떠내려가지 않으려고 버둥거렸다. 푸른이

와 하늘이가 가까이 다가와 내 팔을 하나씩 잡아끌었다. 겨우 물 밖으로 나왔을 땐 모두 물에 빠진 생쥐 꼴이 돼 있었다. 우리 셋은 물가 자갈밭 위에 널브러졌다. 꼬마가 나에게 뛰어왔다. 꼬마는 누워 있는 나를 붙잡고 울음보를 터트렸다.

"형아, 죽지 마. 엉엉!"

눈물 콧물이 범벅되어 턱 밑에서 대롱거렸다.

"나, 안 죽어."

나는 꼬마를 안심시키려고 간신히 말했다. 꼬마 눈물에 마음이 찡했다.

그네처럼 대롱거리는 콧물이 내 얼굴에 떨어질까 봐, 일어나 앉았다. 옷이 엉망이다. 바지를 더듬었다. 바지 주머니가 뒤집혀서 삐져나와 있었다. 주머니에 넣어 다니던 약점 수첩이 없어졌다. 물살에 떠내려간 것 같았다. 흰머리 독수리를 향한 트집이 몇 장이나 적혀 있는 수첩.

"오빠, 뭐 잃어버렸어?"

"아니."

고개를 저었다.

'그래, 처음부터 유치하고 비겁한 방법이었어.'

이상하게 약점 수첩이 없어진 것이 시원했다. 푸른이와 하늘이가 물미역 같은 머리를 쓸어 올리며 물었다.

"오빠, 괜찮아?"

"미안해. 나 때문에 새 축구공을 잃어버려서. 우리 집에 가면 오백 원짜리 농선을 모으는 저금통이 있거든. 그거 털어서 새 축구공 사 줄게."

푸른이가 울먹이며 말했다.

"사실 이곳은 바닥이 들쑥날쑥하고 물살이 세서 어른들이 들어가지 말라고 했었어. 그런데 축구공을 찾고 싶은 마음에 오빠를 이곳에 데리고 왔어. 오빠를 위험에 빠뜨린 건 나야."

푸른이는 떨어지는 눈물을 손 등으로 닦으며 훌쩍거렸다.

"어서 집에 가자."

나는 젖은 옷을 털면서 일어났다. 조금 있으면 흰머리 독수리가 돌아올 시간이었다. 하양이 목줄을 잡고 우리는 집으로 향했다. 걸을 때마다 맹꽁이처럼 부풀어 오른 물배가 출렁거렸다. 콕 누르면 입에서 물총처럼 물이 뿜어져 나올 것 같았다.

집에 거의 다다랐을 때 하늘이가 말했다.

"서울 가면 진짜로 축구공 사서 보내줄 거야?"

"그래. 나 때문에 새 공을 잃어버렸잖아."

푸른이가 퉁퉁 부은 눈으로 씩 웃으며 말했다.

"그 공은 내 것이 아니라, 우리 공이다. 언제든 내려와서 그 공으로 놀자."

너는 푸른이 얼굴을 보면서 놀렸다.

"너, 울다가 웃으면 똥구멍에 털 난다."

내 말에 모두 까르르 웃었다. 한낮 여름빛이 나뭇잎 사이로 부서져 내렸다. 귀가 따갑도록 울어대는 매미 소리가 웃음소리에 함께 섞였다. 통나무집에 거의 다다랐을 때 우리 앞으로 흰머리 독수리가 허겁지겁 다가왔다.

"미안하다. 조금 늦었어. 축구는 재미있었니? 그런데 너희 얼굴이 왜 그래? 옷은 다 젖어 있고. 무슨 일 있었어?"

우리는 다 같이 입을 모아 대답했다.

"아니요."

오늘 일은 우리만의 비밀이다.

9. 태풍이 몰아친 밤

느티나무 위에 도르래를 달았다. 정말 기발한 생각이다. 흰머리 독수리가 밧줄을 매듭지어서 묶는 법을 가르쳐 주었다.

"자재를 올릴 때 매듭이 풀어지면 모두 위험해. 이렇게 매듭지으면 절대 풀리지 않아. 한번 해 봐."

가르쳐 준 대로 해 보려고 했지만 잘되지 않았다. 내가 끙끙거리자 흰머리 독수리가 도와주었다. 우리는 머리를 맞대고 매듭짓기에 골몰했다.

"이렇게, 이렇게……."

흰머리 독수리의 손동작을 따라가다 보니 매듭이 완성됐다. 매듭이 풀려 자재가 올라가다 떨어질 일은 없을 것 같았다. 흰머리 독수리가 올려 달라는 나무를 밧줄로 묶고 잡아당겼다. 나는 작업이 놀이처럼 즐거웠다. 도르래가 돌돌 돌아가며 자재를 위로 올렸다. 흰머리 독수리는 나무로 프레임을 짜고 볼트로 고정했다. 그 위에 마루를 깔듯이 한 조각씩 맞추어 판을 완성했다.

"아저씨, 멋시다."

푸른이가 나무 위를 올려 보며 말했다.

"어른들은 그 정도는 다해."

내가 퉁명스럽게 대답하자 푸른이가 입술을 삐죽 내밀었다. 말은 그렇게 했지만, 나도 흰머리 독수리가 일하는 모습을 보면 감탄할 때가 많다. 하지만 절대 표를 내지는 않는다. 이렇게 쉽게 흰머리 독수리가 내 마음에 들어올 수는 없다.

해가 질 무렵이 돼서야 드디어 나무판을 완성했다. 나무판 귀퉁이를 네 그루의 느티나무가 기둥처럼 받쳐주고 있었다. 흰머리 독수리는 미리 만들어 놓은 사다리를 느티나무에 고정했다.

"이제 올라가 보는 거야?"

꼬마가 앞니 빠진 잇몸을 드러내며 활짝 웃었다. 나도 심장이 두근거렸다. 푸른이와 하늘이는 서로 손을 잡고 팔딱팔딱 뛰었다. 덩달아 오늘 데려온 새로운 강아지도 멍멍 짖어댔다.

"위험하니까 한 명씩 조심해서 올라와라."

말이 떨어지자마자 꼬마가 사다리에 붙었다. 아직은 어린데 괜찮을까? 나는 꼬마의 몸을 잡아 주었다. 꼬마는 산에서 자라서 그런지 별로 두려움이 없었다. 흰머리 독수리가 말한 대로 작은 손으로 사다리를 꼭 잡고 한 칸씩 올라갔다. 흰머리 독수리가 몸을 숙여 꼬마 손을 잡아 주었다. 다음은 내 차례다.

긴장했는지 손에서 땀이 났다. 사다리를 한 칸씩 디디며 올라갔다. 내 몸이 조금씩 땅에서 멀어졌다. 동화 속 잭이 콩나무 줄기를 타고 올라가는 기분이 이랬을까? 아슬아슬하고 짜릿했다. 드디어 판 위에 올라섰다.

"와!"

땅에서 불과 3미터 올라섰을 뿐인데 다른 세계에 온 것 같았다. 눈앞에 초록빛 나뭇잎이 융단처럼 깔려 있다.

'사사삭, 사사삭.'

나뭇잎이 바람에 흔들리며 노래하는 것 같았다. 새소리도 더 크게 들리고, 귀를 기울이니 개울물 흘러가는 소리도 들렸다.

"휘이익, 휘이익."

여름 숲 바람이 시원하다. 마음이 툭 터지고 가슴에 바람길이 열리

는 것 같다. 눈을 감아 보았다. 어릴 적 아빠 어깨 위에서 목말을 탔던 느낌이 떠올랐다. 아빠가 커다란 나무이고, 위에 올라선 나는 그때의 아이 같았다. 마음이 따뜻해졌다.

'아빠 나무.'

나는 내가 올라선 나무를 '아빠 나무'라고 부르기로 했다. 눈을 뜨고 아래를 내려다보았다. 생각보다 아찔했다. 휘청 흔들리자, 흰머리 독수리가 내 손을 잡아 주었다. 손바닥 굳은살이 딱딱하게 느껴졌다. 커다란 어른 손이 나를 꼭 잡고 있다는 그 느낌이 나쁘지 않았다.

"괜찮아요."

나는 슬그머니 손을 뺐다. 흰머리 독수리도 멋쩍은 표정으로 머리를 긁었다. 이어 푸른이와 하늘이가 올라왔다.

"꺄악! 너무 멋져."

올라오자마자 소리를 질러대서 귀가 얼얼했다. 손가락으로 귓구멍을 막는 시늉을 했지만 사실은 나도 소리 지르고 싶었다. 너무 좋아하는 모습을 보이기 싫어서 참았을 뿐이다.

이제부터는 판 위에 통나무를 올려 연결하면 된다. 우리는 흰머리 독수리가 가르쳐준 대로 통나무를 하나씩 묶어 도르래를 이용해 올려주었다. 우리가 '끄응' 밧줄을 잡아당기면, 흰머리 독수리도 '끄응' 소리를 내며 받았다. 손발이 척척 맞았다. 경쾌한 망치 소리가 숲을 울리고, 원뿔형 집이 빠르게 지어져 갔다.

주말이 되자 엄마가 반찬을 바리바리 싸 들고 왔다. 웬 반찬? 요리 솜씨가 꽝인데. 반찬 포장을 보니 아파트 앞 '맛나 반찬'에서 산 거다. 그러면 그렇지. 엄마 솜씨보다 그 아줌마 반찬이 더 맛있다. 엄마가 반가운 건지, 반찬이 반가운 건지 모르겠지만 기분이 좋았다.

"아이고, 다들 얼굴이 구릿빛이 되었네. 뭐야! 그렇게 당부했는데 선크림을 안 바른 거야? 건강해 보이기는 하다. 와! 집도 거의 완성 되었네. 엄청 빨리 지었다. 그런데 안전하기는 한 거지?"

내가 퉁명스러운 말투로 대답했다.

"나무 위에서 잠깐 노는 것뿐인데 뭐 그리 튼튼한 집이 필요한가? 외국처럼 허리케인이 있는 것도 아니고."

"하긴."

엄마가 꼬마와 푸른이, 하늘이에게 간식으로 햄버거를 나누어 주었다. 아! 반가운 햄버거. 이게 얼마 만인지. 햄버거를 막 맛보려는데 엄마의 머리를 묶고 있는 고무줄이 툭 끊어졌다. 엄마 머리가 사방으로 날렸다. 꼭 사자 같다.

"오는 길에 바람이 세게 불더라. 일기예보에서 오늘 밤에 비가 오면서 바람이 심하게 분다고 하던데. 일본 쪽에서 태풍이 올라오고 있대."

아직 완성되지 않은 '나무 위에 집'이 걱정되었다.

"우린 집에 갈래."

푸른이와 하늘이가 강아지를 데리고 재촉하며 산길을 내려갔다.

저녁이 되자 우리는 문을 걸어 잠갔다. 바람이 점점 더 세게 불었다. 밤이 깊어지자 하늘에서 윙윙 소리가 나기 시작했다.

"쿠궁!"

천둥소리와 함께 폭우가 쏟아졌다. 갑자기 이렇게 많은 비가 쏟아져 내리다니. 무서웠다. 하늘이 화난 것처럼 보였다. 서울과는 달리 천둥소리도 무척 컸다. 이곳에 태풍이 지나가는 시간은 새벽 1시에서 3시 사이라고 했다.

엄마 옆에 바짝 붙어서 잠을 청했다. 하지만 잠은커녕 정신이 더 말똥말똥해졌다. 아마 꼬마도 흰머리 독수리에게 껌딱지가 되어 있을 것이다. 다행이다! 오늘 엄마가 있어서.

"쿠구궁!"

다시 천둥이 세게 쳤다. 하늘이 쩍쩍 갈라지는 것 같은 소리를 내며 바람이 휘몰아쳤다. 자연의 또 다른 얼굴이었다. 나는 이불을 턱밑까지 끌어올렸다. 심장이 '투둑투둑' 빠르게 뛰었다.

"파밧!"

전등이 소리를 내더니 깜빡이다가 나갔다. 주변이 칠흑같이 어두워졌다. 엄마가 얼른 핸드폰 조명을 켰다. 방에 그대로 있을 수 없어서 거실로 나왔다. 어둠 속에 흰머리 독수리도 나와 있었다. 무릎에 꼬마가 앉아 흰머리 독수리 목을 꽉 끌어안고 있었다.

"잠깐만."

흰머리 독수리가 꼬마를 내려놓자 얼른 엄마 옆으로 와서 달싹 붙었다. 한쪽에는 나, 한쪽에는 꼬마가 달라붙었다. 흰머리 독수리가 서랍장을 뒤적이더니 양초를 꺼내왔다. 하나로는 부족한지 3개를 거실 탁자에 올려놓고 불을 붙였다. 거실이 조금 밝아졌다. 꼬마가 흰머리 독수리에게 물었다.

"아빠, 태풍 언제 지나가?"

"조금만 참아. 이제 곧 지나갈 거야."

흰머리 독수리 말이 끝나자마자, 바람은 우리말을 비웃듯 더 세게 윙윙거렸다.

"우두두두 쿵!"

나는 어깨를 움찔거렸다. 이 요란한 소리는 무엇일까?

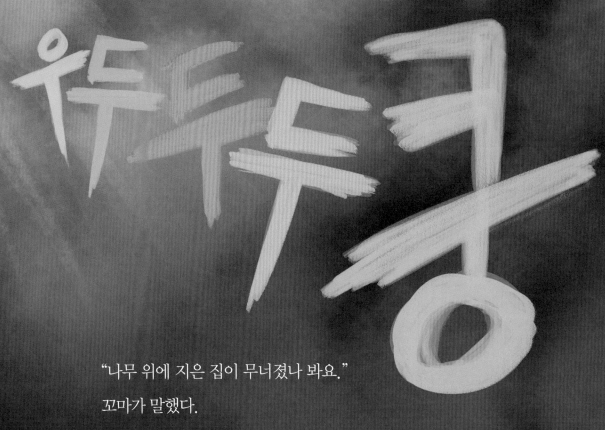

"나무 위에 지은 집이 무너졌나 봐요."

꼬마가 말했다.

"그런 것 같구나."

흰머리 독수리가 침통한 얼굴로 대답했다. 나는 믿고 싶지 않았다. 이렇게 쉽게 무너지다니. 며칠 동안 얼마나 열심히 일했는데.

어릴 적 아빠가 그랬다. 모든 집에는 이야기가 있다고. 그때는 너무 어려 그 뜻을 몰랐다. 이제는 그 말을 조금 알 것 같다. 집이 지어지는 이야기, 완성된 후에 그 안에 들어가 살아가는 가족 이야기……

'나무 위에 집'에는 우리의 여름 방학 이야기가 담겨 있다.

하지만 긴 밤 태풍 속에 모든 것이 날아갔다. 나는 어둠 속에서 몸을 웅크렸다.

10. 마당에 나타난 고라니

요란한 태풍이 지나간 하늘은 맑고 푸르렀다. 자작나무들은 말갛게 목욕이라도 한 듯 더 짙은 나무 향기를 뿜어댔다. 나뭇잎에 맺힌 빗방울이 후드득 내 얼굴에 떨어졌다.

"민호 오빠!"

푸른이와 하늘이가 달려오고 있었다. 얼마나 바쁘게 왔는지 강아지도 데려오지 않았다. 우리는 느티나무 아래로 갔다.

"이럴 수가!"

예상대로 엉망이었다. 통나무가 날아가서 멀찍이 처박혀 있었다. 꼬마가 코를 훌쩍거리며 말했다.

"다 무너져 버렸어."

엄마가 말없이 꼬마 등을 토닥였다.

짐을 쌌다. 꼬마 말대로 다 무너져 버렸다. 이곳에 더 머물 이유가 없어졌다. 정확히 이곳에 내려온 지 10일이 지났다. 매일 새로운 강아지 이름을 하나씩 외우라던 푸른이 말이 떠올랐다.

'까망이, 하양이, 초롱이, 알콩이, 천둥이, 깜돌이.'

여기까지 생각하다 멈추었다. 푸른이와 하늘이는 어떻게 20마리의 이름을 다 외우는지 신기하다. 이젠 이름 외우는 것도 안녕이다. 축구 유니폼을 트렁크에 넣었다. 11번 번호를 보자 괜히 코끝이 찡해졌다.

집이 허물어진 건 내 잘못이 크다. 빨리만 완성하자고 독촉했으니.

흰머리 독수리는 알고 있었을 거다. 시간이 걸려도 튼튼하게 지어야 한다는 걸. 그런데 왜 내 뜻에 따라준 걸까?

"똑똑!"

방문을 두드리는 소리가 들렸다. 문이 살짝 열리더니 꼬마가 머리를 빼꼼히 방 안으로 디밀었다.

"형아, 집에 가려고?"

"자꾸 형이라고 부르지 마. 거슬려."

"그럼, 뭐라고 불러? 누나도 아니고. 이름을 부르면 혼날 것 같고."

꼬마 말이 맞다. 딱히 부를 명칭이 떠오르지 않았다.

"형아, 집 짓는 거 포기했어?"

말없이 고개를 끄덕였다. 이번엔 두 얼굴이 방 안을 들여다보았다. 푸른이와 하늘이다. 자칭 동생이라고 우기는 아이들. 내 눈치 보느라 들어오지 못한다. 픽 웃음이 나왔다.

"들어와."

내가 말하자, 세 명이 후다닥 들어와 앉았다.

"진짜 갈 거야?"

"그래, 갈 거다. 잘 있어라."

꼬마의 똘망똘망한 눈을 보며 말했다. 꼬마가 내 옷자락을 잡았다.

"형아, 다시 지으면 되지. 이번엔 무너지지 않게 튼튼하게."

푸른이도 내 한쪽 팔을 잡았다. 내 두 팔이 아이들 손에 잡혀 그네처럼 흔들렸다.

"맞아, 오빠. 이번엔 우리도 장난 안 치고 많이 도와줄게. 오랜만에 매일 축구하고 재미있었는데, 이렇게 끝나는 건 너무 아쉬워."

하늘이도 맞장구를 쳤다.

"그러자. 응? 응?"

제발 가지 마!

나는 말없이 트렁크 지퍼를 쭉 닫았다.

"형아 아빠가 만들어 준 모형 집도 부서졌는데 '나무 위에 집'까지 부서진 건 너무 슬퍼. 난 꼭 다시 지었으면 좋겠어."

꼬마 말에 내 손이 멈칫했다. 그래, 모형 집이 부서질 때 심장이 얼어붙는 것 같았다. 어제도 그랬다. 집이 무너지는 소리에 심장이 멈추는 것 같았다. 굳이 말하지 않아도 나는 알고 있다. 모형 집도, '나무 위에 집'도 나 때문에 부서졌다는 것을.

엄마가 현관문을 열고 들어오며 나를 향해 소리 질렀다.

"바깥 상황은 어느 정도 정리되었고. 민호야, 고속버스 몇 시 차 예매할까?"

아이들이 나를 빤히 쳐다보았다. 내가 어떤 대답을 할 것인지 귀를 쫑긋 세우고 있었다. 나는 한숨을 푹 내쉬고 잠시 생각했다.

다시 시작한다는 건, 새로 출발한다는 거다. 말은 쉽지만 처음보다 더 어려울 수 있다. 마음에 갈등이 일어났다. 엄마가 큰 소리로 다시 물었다.

"몇 시 차 예매할까요, 아드님."

나는 천천히 아이들을 둘러보았다. 알사탕처럼 동그란 여섯 개의 눈알이 내 얼굴을 보며 반짝거렸다. '제발 가지 마!' 눈으로 말하는 것 같았다. 망설여진다. 팔을 잡은 아이들 손에 바짝 힘이 들어갔다. 나는 숨을 가다듬고 입을 열었다.

"아직 약속한 날짜가 남았으니 그 기간은 채우고 갈게."

아이들 표정이 환해지더니 탄성을 질렀다.

"와! 아줌마. 우리 다시 집 지을 거예요. 아주 열심히요. 아줌마도 찬성하지요?"

엄마가 나를 보고 눈을 껌뻑거렸다. 입가에 연한 미소를 지었는데 좋은 건지 그냥 웃은 건지 잘 모르겠다.

우리는 머리를 맞대고 설계도를 다시 그렸다. 이번엔 내 고집을 내세우지 않았다. 작고 아담한 오두막 모양의 집을 설계했다. 창을 크게 만들고 지붕은 너와로 완성하기로 했다. 재료도 단단하고 가벼운 낙엽송 나무로 바꾸었다. 이번엔 성공할 수 있을까?

점심을 먹으면서 흰머리 독수리가 말했다.

"내일부터 다시 시작하자. 아, 그리고 나는 오후에 숲 해설 강의가 있어서 서녁에나 돌아올 거야."

푸른이와 하늘이가 햄스터처럼 입에 밥을 가득 물고 말했다.

"밥 먹고 우리도 가야 해. 오후에 강아지 쉼터에 봉사하는 사람들이 오거든. 이것저것 가르쳐 주어야 해."

엄마도 이어서 말했다.

"나도 내일 출근해야 해. 주말에 다시 올게. 그러면 민호와 은찬이 둘만 있는 건데, 괜찮겠어?"

엄마가 젓가락질을 멈추고 물었다. 꼬마가 씩 웃었다.

"괜찮아요. 제가 형아 말썽 못 피우게 딱 붙어서 감시할게요."

식탁에 와르르 웃음이 쏟아졌다.

오후 시간이었다. 가만히 있어도 땀이 나는 걸 보니 무척 더운 날인가 보다. 서울 집이라면 에어컨을 내내 틀고 있을 텐데, 이곳은 그럭저럭 괜찮다. 창문을 활짝 열고, 밖을 내다보았다.

"아!"

눈을 크게 뜨고 숨소리마저 죽였다. 동물 한 마리가 마당으로 걸어 들어왔다. 진한 갈색 털에 쫑긋 세워진 귀에 길고 날렵한 네 다리를 가진 동물. 나는 손짓으로 급하게 꼬마를 불렀다. 행여나 동물이 도망갈까 봐 작은 소리로 꼬마 귀에 속삭였다.

"저 동물 이름이 뭐야?"

꼬마도 내 귀에 속삭였다.

"고라니. 형이 울음소리가 이상하다고 했잖아. 저건 새끼 고라니야. 가끔 마당에 와서 무언가를 주워 먹어. 뭘 먹는지는 모르겠어."

꼬마가 너무 가까이 속삭여서 귀가 간지러웠다.

"저렇게 귀엽게 생긴 동물이 왜 그렇게 이상하게 울까?"

내 말에 꼬마도 모르겠다는 듯 고개를 살랑살랑 흔들었다. 나는 고라니를 가까이서 보고 싶었다. 자리에서 일어나 조용히 밖으로 나갔다. 새끼 고라니는 여유 있게 마당을 탐색하며 다녔다.

갑자기 고라니가 인기척을 느꼈는지, 자작나무 사이로 사라졌다. 호기심에 고라니가 사라진 길로 발걸음을 내디뎠다.

"형아, 어디가?"

"조금만 따라가 보려고."

"같이 가."

106

꼬마가 몇 걸음 뒤에서 따라왔다. 소리를 내지 않으려고 조심스럽게 움직였다. 고라니는 이것저것 냄새를 맡으면서 아주 천천히 풀숲을 걸어갔다. 나처럼 호기심이 많은가 보다. 살금살금 뒤따라갈 때였다.

"악!"

갑자기 뒤에서 꼬마의 비명이 들렸다.

11. 슈퍼맨 형아

고라니가 놀라서 재빨리 도망갔다. 나는 황급히 뒤를 돌아보았다. 꼬마가 주저앉아서 발목을 잡고 있었다.

"발이 너무 아파. 형어엉!"

꼬마는 고통에 일그러진 얼굴로 울었다. 나는 꼬마에게 뛰어갔다.

"어디 봐."

부여잡고 있는 발을 조심스럽게 들어 올렸다. 운동화를 벗기고 살펴보니 발뒤꿈치에서 피가 뚝뚝 떨어졌다. 풀숲 바닥에 커다란 못이 박힌 통나무가 뒹굴고 있었다. 나무 위에 통나무가 무너지면서 바람에 날려 여기까지 굴러온 것 같았다.

"어떡하지?"

울음소리가 더 커지는 걸 보니 심하게 아픈가 보다.

"일단 내 등에 업혀."

꼬마를 업고 집으로 서둘러 돌아왔다. 덩치는 작은 것이 이렇게 무겁다니. 집에 오니 꼬마 운동화에 피가 흥건했다. 피를 본 꼬마가 몸을 파르르 떨었다. 어떻게 해야 할지 잠시 생각했다. 눈앞에 핸드폰이 보였다. 흰머리 독수리 번호를 누르다가 멈추었다. 흰머리 독수리는 강의할 땐 핸드폰을 꺼놓는다고 했다. 번호를 지우고 119에 전화했다.

"119죠? 여기 발을 심하게 다친 아이가 있어요. 못에 깊이 찔린 것 같아요."

구급 대원이 물었다.

"못에 찔렸다고? 주변에 어른은 안 계시니?"

"예, 외출하셨어요."

"주소 좀 알려줄래?"

재빨리 흰머리 독수리 방에 들어가 우편물을 확인하고 주소를 불러주었다.

"구급차가 갈 거야. 그런데 지도를 보니 산속이구나. 아이를 업고 조금 아래로 내려와 줄 수 있겠어? 그러면 더 빠를 것 같은데."

"예, 알았어요."

꼬마 상처를 대충 붕대로 둘둘 말았다.

"조금만 참아."

내 말에 꼬마는 손 등으로 눈물을 닦으며 대답했다.

"응."

나는 잠시 숨을 고르고 꼬마를 등에 업었다. 아까보다 더 무거웠다. 그래도 내가 내려가면 시간을 절약할 수 있다. 땀방울이 턱 아래로 뚝뚝 떨어졌다. 누구를 업어보는 건 처음이라 자세가 서툴렀다. 팔에 아무리 힘을 주어도 꼬마 엉덩이가 자꾸 뒤로 쳐졌다. 몇 번이고 엉덩이를 추어올려야 했다. 공터 주차장까지 겨우 내려왔다. 거친 숨소리를 내며 꼬마를 내려놓았다.

"다 왔어. 이제 구급차가 올 거야."

꼬마를 달래다 깜짝 놀랐다. 나도 모르게 몇 걸음 뒤로 물러났다.

"으읔! 거미다."

꼬마 등짝에 새까만 거미가 달라붙어 있었다. 커다랗고 까만 왕거미. 거미가 꼬마 등에서 목 쪽으로 슬금슬금 기어 올라갔다.

"저리 가, 저리 가!"

나는 거미를 향해 소리쳤다. 꼬마가 내 소리에 놀라 겨우 그쳤던 울음을 다시 터트렸다. 거미는 나를 조롱하듯 거침없이 계속 올라갔다. 그냥 놔두면 꼬마 목덜미 안으로 들어갈 것 같았다. 손바닥에 땀이 나고 입이 바짝 말랐다.

아빠가 구급차에 실려 간 날. 아빠가 누워 있던 자리에 나타난 거미. 그날부터였다. 이유는 모르겠지만, 거미는 나에게 공포의 대상이었다. 거미만 보면 도망가고, 소리를 질렀다. 그 무서운 거미가 지금 꼬마 몸에 붙어 있다. 또 도망가고 싶었다, 거미로부터. 그날 아빠가 죽은 기억으로부터.

"조금만 기다려. 구급 대원이 곧 도착할 거야. 나는 저기… 저기……."

떨리는 목소리로 말을 더듬었다. 꼬마가 나를 올려다보았다. 나는 주춤주춤 뒤로 물러났다. 꼬마가 겁먹은 목소리로 나를 불렀다.

"형아, 나 두고 가지 마."

꼬마에게 등을 돌리고 돌아섰다. 차마 발걸음이 떨어지지 않았다. 꼬마를 혼자 두고 이대로 도망친다면 매일 후회할 것 같았다. 떨리는 주먹을 꽉 쥐고 꽉 쥐고 숨을 길게 내쉬었다. 그리고 겁에 질려 있는 나에게 천천히 말해 주었다.

"괜찮아, 그냥 거미일 뿐이야."

용기를 내어 꼬마에게 한발 한발 다가갔다. 심장이 몸 밖으로 튀어 나올 것처럼 크게 뛰며 요동쳤다. 일단 꼬마를 안심시켰다.

"너, 두고 안 가. 지금 네 목덜미에 거미가 붙어 있어. 내가 털어 줄게, 놀라지 마."

서미는 목을 타고 올라가 꼬마 귀까지 기어갔다. 꼬마는 발이 아파 거미가 기어가는 것은 느끼지 못하나 보다. 거미가 막 꼬마의 귓구멍으로 들어가려고 할 때였다. 나는 떨리는 손을 뻗어 잽싸게 거미를 털어냈다. 거미가 내 손에서 멀리 떨어져 나갔다. 땅에 떨어진 거미는 몇 바퀴 뒹굴더니 황급히 숲으로 도망쳤다. 나도 무서워했지만 거미도 내가 무서웠나 보다. 내 행동이 믿기지 않았다.

구급차가 소리를 내며 공터 주차장으로 올라왔다. 구급 대원이 꼬마 발을 살피고는 구급차에 실었다.

"보호자가 한 명 타야 하는데."

"제가 탈게요."

"아이와 어떤 사이야?"

나는 잠시 망설이다가 대답했다.

"제가 형이에요"

구급차가 빠르게 출발했다. 꼬마가 내 손을 잡고 말했다.

"무서워!"

나는 작은 손을 꼭 잡아 주었다.

"괜찮아. 내가 옆에 있을게. 네 아빠도 곧 오실 거야."

아픔을 호소하는 꼬마 얼굴을 보는데, 아빠가 떠올랐다. 아빠도 구급차에 실려 가면서 많이 아팠을 텐데. 같이 타서 아빠 손을 잡아 줄걸. 멀어져가는 구급차를 바라보며 울기만 했던 것이 아쉬웠다.

아빠가 생각나자 눈앞이 흐려졌다. 다른 때 같으면 하품을 크게 했을 텐데. 지금은 하품으로 눈물을 가리고 싶지 않았다. 눈물 좀 나면 어때.

"울고 싶으면 울어도 된대."

꼬마 말이 떠올랐다. 내 눈물이 꼬마 손등 위에 툭 떨어졌다.

응급실에서도 꼬마는 내 손을 꼭 잡고 있었다. 치료가 끝날 무렵이었다. 흰머리 독수리가 허겁지겁 응급실에 뛰어 들어왔다. 눈가가 붉었다. 덩치도 크고 우악스럽게 생긴 사람이 울다니. 꼬마를 많이 사랑하나 보다. 나는 흰머리 독수리가 별로 마음에 들지 않지만 꼬마에게는 좋은 아빠다. 꼬마 발을 매만지고 있는 흰머리 독수리에게 다가갔다.

"죄송해요. 제가 새끼 고라니에게 정신이 팔려서 다쳤어요."

"아니야, 다칠 수도 있는 거지. 한동안 발이 좀 불편하겠지만 치료하면 금방 나아질 거야."

흰머리 독수리의 대답이 고맙게 느껴졌다.

어느새 꼬마 팔에 맞고 있던 수액이 방울방울 떨어지다 멈추었다. 흰머리 독수리가 꼬마를 업고 나오면서 말했다.

"이 녀석, 오랜만에 업으니 무거워졌네. 쑥쑥 자라고 있구나."

꼬마가 픽 웃으며 대답했다.

"아까 형아도 나를 업어 주었는데."

"야, 너 형한테 잘해야겠다. 이 돌덩이를 업고 뛰었으니 얼마나 힘들었겠냐."

"아빠! 나도 놀랐어. 나를 업고 형아가 산길을 막 뛰어 내려갔어. 아마 형아가 없었다면 나는 죽었을지도 몰라. 피가 엄청났거든. 너무 무서웠는데, 형아가 있어서 안심했어. 진짜 슈퍼맨 같았다니까. 앞으로 나는 형아를 슈퍼맨이라고 부를 거야."

이제 살만한지 꼬마가 말이 많아졌다. 이상하다. 뒤따라가는 내가 진짜 형이라도 된 것처럼 왠지 마음이 흐뭇했다.

12. 마음의 집

"이번에는 나무 위에서 집을 짓지 말고, 집을 지어서 나무 위로 올려 보자. 심부름은 푸른이와 하늘이가 맡고, 민호는 제법 못질을 할 줄 아니까 내 보조를 맡으면 어때?"

흰머리 독수리 말에 모두 고개를 끄덕였다. 흰머리 독수리는 나무판 아래 커다란 나무 기둥 두 개를 더 보강했다. 전보다 훨씬 튼튼해 보였다.

숲에 못질 소리가 메아리처럼 울렸다. 서투른 망치질에 손가락 하나가 시퍼렇게 멍이 들어서 손톱까지 시커멓게 변했다. 눈물이 찔끔 났다. 뼈에는 이상 없지만 손톱은 빠질 거라고 의사 선생님이 말했다.

'그만하고 그냥 구경만 할까?'

잠시 망설이다 고개를 저었다. 손가락은 아프지만 배운 것도 있다. 못질은 처음부터 한방에 하지 않는다. 툭툭 내리치면서 중심을 잡아 주고 이때다 싶을 때 세게 내리친다. 그러면 깊이, 튼튼하게 박힌다. 바닥을 완성하고 그 위에 벽면을, 그 위에 지붕을 얹는다.

"와, 조금씩 되어가고 있어."

꼬마가 자칭 감독이라며 의자에 앉아 소리 질렀다. 나는 이마에 흐르는 땀을 닦으며 꼬마에게 손을 흔들어 주었다. 못을 빼고 다시 박기를 반복하는데도 포기하고 싶지는 않았다. 이젠 고라니 울음소리가 들려도 아무렇지 않게 잠이 들고, 하루가 어떻게 지나가는지 모른다. 어느새 엄마가 오는 날이다.

엄마가 나를 보더니 깜짝 놀랐다.

"완전히 시컴둥이가 되었네."

거울을 보니 진짜 많이 탔다. 방학 끝나고 학교에 가면 바닷가에서 내내 놀다가 온 줄 알겠다.

"거의 완성되었네. 동화 속에 나오는 집 같아."

엄마가 집을 빙빙 돌며 소리 질렀다. 내가 봐도 근사하다. 손톱이 빠진 것도 잊을 만큼. 지붕을 너와로 올리는 일은 모두 함께했다. 하나씩 맞추어 가며 정성스럽게 올렸다.

마지막 작업으로 집을 나무 위에 올려야 한다. 흰머리독수리는 네 그루의 나무에 도르래를 하나씩 달았다. 밧줄 네 개를 연결해서 끌어올려 나무판 위에 올려놓는다고 했다. 그러려면 어른 도움이 필요했다.

"걱정하지 마! 우리 회원이 몇 명 오기로 했거든."

산길에서 두런두런 이야기 소리가 들리더니 어른 몇 명이 다가왔다.

"와! 진짜로 트리하우스를 지었네? 부럽다."

부럽다는 말에 내 어깨가 으쓱 올라갔다. 밧줄에 매달린 집이 천천히 나무 위로 올라갔다. 그 순간 온몸이 찌릿했다. 나무판 위에 집을 단단히 고정하고 아저씨들은 산에서 내려갔다.

흰머리 독수리가 트리하우스 안에 작은 등을 달았다. 태양광판을 연결해서 낮에 빛을 충전해 밤에 쓸 수 있는 등이었다. 문패는 내가 못을 박아서 걸었다.

'우리들의 트리하우스.'

문패에 적힌 이름이다. 뿌듯했다. 아직은 미완성이지만 드디어 성공이다!

마지막 밤에 우리는 파티를 하기로 했다. 우리는 한 명씩 나무 위에 집으로 올라갔다.

땅과 하늘 사이의 집. 판타지 세계로 들어간 것처럼 눈앞에서 진초록 나뭇잎이 파도처럼 일렁였다. 흰머리 독수리가 옆에 다가와 앉으며 말했다.

"이 초록 잎이 가을이 되면 갈색으로 물들고, 겨울이 오면 떨어지지. 그리고 온통 하얀 빛으로 바뀌어. 겨울에는 이곳이 영하 20도까지 떨어질 때도 있어. '겨울왕국' 영화 봤지? 그런 세상이 펼쳐지지."

이런! 흰머리 독수리 말을 들으면서 상상을 해 버렸다. 하얀 자작나무 사이로 눈이 내리는 아름다운 풍경을. 집짓기가 끝나면 다시는 이곳에 오지 않으리라 생각했는데 마음이 흔들린다. '흠흠!' 기침하고 다시 마음을 다잡았다.

"내가 케이크를 준비했지롱."

엄마가 케이크를 앞으로 내밀며 장난스러운 표정을 지었다. 케이크를 맛있게 먹으면서 흰머리 독수리가 쑥스러운 표정으로 말했다.

"나도 마지막 날이라 선물을 준비했어."

흰머리 독수리가 창 앞에 도르래 줄을 끌어 올리자 커다란 꾸러미가 올라왔다. 푸른이와 하늘이가 눈을 커다랗게 뜨며 말했다.

"아저씨, 혹시 저희 것도 있어요?"

"그럼! 너희도 고생했는데, 당연하지."

흰머리 독수리의 대답에 푸른이와 하늘이가 서로 손바닥을 마주쳤다.

"자, 먼저 푸른이와 하늘이."

흰머리 독수리가 무언가를 내밀었다. 포장을 벗기니 축구공이 나왔다. 와! 그것도 손흥민 사인이 적힌 축구공. 그 귀한 축구공을 푸른이와 하늘이 앞에 내밀었다.

"얼마 전, 손흥민 선수가 근처로 휴가 온 적이 있었거든. 그날 하루 동안 아무 일도 안 하고 기다렸다가 사인받았지. 푸른이와 하늘이도 손흥민처럼 훌륭한 축구 선수가 되렴."

기가 막혔다. 저 탐나는 축구공을 다른 사람에게 주다니. 푸른이와 하늘이가 감격스러운 얼굴로 축구공을 가슴에 안고 얼굴을 비볐다.

"고맙습니다. 꼭 축구 선수가 돼서 사인해 드릴게요."

축구공이 너무 아까웠다. 나를 주지. 섭섭했다. 흰머리 독수리가 꼬마에게는 새 운동화를 선물했다. 꼬마가 새 신발을 신어보고 활짝 웃었다. 문득 보니 잇몸에 새 이가 돋아나고 있었다. 과연 나에게는 무엇을 줄까? 나는 무엇을 주든 도도하게 받을 거다.

흰머리 독수리가 내 앞에 커다란 상자를 내려놓았다. 뭐지?

"왜, 민호 선물만 이렇게 큰 거야?"

엄마 말에 선물이 무엇일지 더 궁금해졌다. 상자가 열리자 말 문이 탁 막혔다.

"뭐야? 와!"

푸른이와 하늘이가 소리 지르지 않았으면 그대로 멍하니 있었을 거다. 선물은 수리된 아빠의 모형 집이었다. 부서진 조각을 정교하게 맞추고 다시 붙였다. 눈물이 핑 돌았다.

나는 모형 집을 조심스럽게 꺼내어 현관문을 눌렀다. 모형 집 안이 밝아지고 예전처럼 오르골 소리도 들렸다. 목이 꽉 막혀 아무 말도 할 수 없었다. 모형 집을 천천히 가슴에 안고 고개를 숙였다. 흰머리 독수리가 조용히 말했다.

"사랑하는 사람은 잊는 것이 아니라 간직되는 거란다. 누구나 마음 깊은 곳에 비밀의 방이 있거든. 그 속에 소중한 기억을 보관하는 거지. 언제든 꺼내어 볼 수 있게 말이야."

흰머리 독수리 말이 무엇을 의미하는지는 알 것 같았다. 조금 감동이다. 엄마가 분위기를 바꾸려는 듯 샐쭉한 얼굴로 물었다.

"왜 내 선물은 없어요?"

흰머리 독수리가 기어들어 가는 소리로 말했다.

"음……. 내 마음?"

아이들이 '우~' 소리를 내며 닭살 돋는다고 난리다. 나를 잠깐 울컥하게 했던 감동은 한 순간 깨어졌다.

"욱! 앞말이 좀 감동적이어서 봐주려고 했는데 진짜 느끼해."

내가 소리 지르자 아이들도 다 몸을 배배 꼬았다. 그 말을 듣고 뭐가 좋은지 까르르 웃는 엄마. 진짜 바퀴벌레 한 쌍이다.

흰머리 독수리가 푸른이와 하늘이를 집에 데려다주려고 내려갔다. 꼬마도 따라 내려갔다. 창문 앞에 나뭇잎이 바람결에 춤추듯 흔들렸다. 초록이 진한 나뭇잎을 들여다보며 손으로 엄마를 불렀다. 엄마가 다가와 물었다.

"왜?"

"엄마. 내가 나무를 뭐라고 이름 지었는지 알아?"

"아, 이름이 있어? 뭐라고 지었는데?"

"아빠 나무. 나무가 깊은 뿌리로 트리하우스를 받히고 있잖아. 꼭 아빠 같더라고. 나는 그 위에 있고."

"너 갑자기 쑥 커 버린 것처럼 말한다……."

엄마 눈이 붉어지며 촉촉해졌다. 우리는 마음속에 감추어 두었던 아빠 이야기를 오랫동안 했다. 그동안 서로에게 꺼내지 못했던 이야기들이 줄줄이 나왔다. 어느새 해가 지고 어둑했다. 엄마가 전등을 끄고 창문을 활짝 열었다. 둥그런 달이 이미 떠 있었다.

"너무 위에서 쓰니께, 날이 진짜 예쁘나."

엄마가 활짝 웃었다. 엄마가 웃으니 나도 좋다. 철이 없어 보이기도 하고, 때로는 진지하고 씩씩한 엄마가 오늘은 친구 같다. 엄마와 나는 밤하늘을 바라보다가 잠이 들었다. 아침에 깨보니 우리 몸에 담요가 덮어져 있었다.

나는 서울로 올라간다. 약속대로 시간을 채웠으니 다시 안 내려와도 된다. 버스 안에서 서준이에게 카톡이 왔다.

> 축하, 축하. 드디어 다 채우셨군. 이젠 또 안 가도 되지? 너 없어서 엄청 심심했다. 내일 학교에서 보자. 듣고 싶은 이야기가 너무 많아.

이어서 또 카톡이 울렸다. 고모다.

> 우리 조카! 임무 완수하고 돌아오나? 미션을 다 수행했으니, 결과가 궁금하군. 내일 보자.

이런, 또 카톡이 울렸다.

> 슈퍼맨 형아, 잘 가.

꼬마다. 꼬마에게 답장을 보냈다.

> 은찬아, 잘 있어.

그러고 보니, 은찬이라고 이름을 부른 것이 처음이다. 앞으로는 꼬마라는 별명 말고 은찬이라고 불러야겠다. 방구가 궁금하다고 한다. 가자마자 사진 찍어서 보내주어야겠다.

핸드폰을 내려놓고 눈을 감았다.

싱그러운 초록빛 여름방학이 다 지나갔다.

아직도 숲 향기가 나는 것 같다.